The Story of My Life

我生活的故事

[美]海伦·凯勒 著　　朱原 译

中国盲文出版社

图书在版编目（CIP）数据

我生活的故事（大字版）/（美）海伦·凯勒（Keller, H.）著；朱原译. —北京：中国盲文出版社，2013.1
 ISBN 978－7－5002－4051－8

Ⅰ.①我… Ⅱ.①凯… ②朱… Ⅲ.①自传体小说—美国—现代 Ⅳ.①I712.45

中国版本图书馆CIP数据核字（2012）第284313号

我生活的故事

著　　者：（美）海伦·凯勒
译　　者：朱　原
策　　划：张　伟
责任编辑：马文莉
出版发行：中国盲文出版社
社　　址：北京市西城区太平街甲6号
邮政编码：100050
印　　刷：北京东君印刷有限公司
经　　销：新华书店
开　　本：787×1092　1/16
字　　数：100千字
印　　张：13.75
版　　次：2013年4月第1版　2013年4月第1次印刷
书　　号：ISBN 978－7－5002－4051－8/I·688
定　　价：24.00元
编辑热线：(010) 83190217
销售服务热线：(010) 83190287　83190288　83190289

版权所有　侵权必究　　　　　　印装错误可随时退换

目 录

序

译者前言

我生活的故事 ……………………………………（ 1 ）

 第一章 跌入梦魇 ……………………………（ 2 ）

 第二章 小霸王 ………………………………（ 8 ）

 第三章 奔向光明 ……………………………（ 17 ）

 第四章 再塑生命的人 ………………………（ 21 ）

 第五章 亲近大自然 …………………………（ 26 ）

 第六章 挑战语言 ……………………………（ 30 ）

 第七章 畅游在知识的海洋 …………………（ 34 ）

 第八章 难忘的圣诞节 ………………………（ 43 ）

 第九章 波士顿之行 …………………………（ 46 ）

 第十章 海滨假日 ……………………………（ 51 ）

 第十一章 山间秋季 …………………………（ 54 ）

 第十二章 北方的冬天 ………………………（ 60 ）

 第十三章 "我现在不是哑巴了" ……………（ 63 ）

 第十四章 《霜王》事件 ……………………（ 69 ）

 第十五章 参观世界博览会 …………………（ 81 ）

第十六章	驾驭拉丁语	（87）
第十七章	在赖特—赫马森聋人学校	（90）
第十八章	在剑桥女子学校	（94）
第十九章	备考拉德克利夫学院	（101）
第二十章	大学时代	（107）
第二十一章	嗜书如命	（117）
第二十二章	多姿多彩的生活	（132）
第二十三章	一双双托满阳光的手	（147）

书信选译 …………………………………（157）

假如给我三天光明 ………………………（181）

编后语 ……………………………………（201）

序

美国的著名作家海尔博士说:"1902年文学上最重要的两大贡献是吉卜林的《吉姆》和海伦·凯勒的《我生活的故事》。"

吉卜林是英国著名的作家,而凯勒是一个名不见经传的大学生,把两个人的作品相提并论不免使人吃惊。我没有读过《吉姆》,不知对这部作品应做如何评价,但《我生活的故事》以前读过原文,现在又读了中文译本,感到确实是部优秀的作品,把它评为英语文学中第一流作品是不过分的。

肓聋人海伦·凯勒在1904年以优等学业成绩毕业于美国哈佛大学拉德克利夫学院。这部书是大学二年级时在她的英语教师查尔斯·汤森·斯普兰和文艺评论家约翰·梅西的帮助和鼓励之下写成的。1902年4月起在《女性家庭杂志》上分五期连续刊载,1903年3月正式出书。

她在大学二年级读书时才二十一岁,有人提议请她和她的老师莎莉文小姐合作写一本自传体的书。开始，她考虑到学校功课太忙，没有时间写书，经过一番踌躇，最后才同意，并且开始产生了将来当个作家的念头。果然有志者事竟成，在往后的六十多年中她一共写下十四部著作。《我生活的故事》是她的处女作。作品一发表，立即在美国名噪一时，报刊上好评啧啧。美国的《世纪杂志》的书评上甚至称这部书是"世界文学上无与伦比的杰作"。马克·吐温收到凯勒的书之后高兴极了，写信告诉她说："我不管怎么忙也得抽时间告诉你，我得到你的书是多么高兴而且又是多么的重视……我被你的书吸引住了，简直是着迷了。你是一个怪人，世界上最怪的人——你和你的另一半一起——我是指莎莉文小姐，你们这一对构成完全的和完美无缺的一个整体。"

尽管有马克·吐温这样的大作家作证，仍然还是有人不相信这部书是凯勒这位又盲又聋又哑的人写出来的。他们散布流言蜚语，诬蔑这部书是别人代笔，就是说是梅西写的，攻击它缺乏"文学的真实性"。不错，梅西是这部书的责任编辑，对原稿做过加工也是事实，但绝不是捉刀代笔。他有力地回答那些造谣诽谤说："故事的一百四十页原稿装满了一个人的经历，有这经历的只是凯勒，不是任何别的人，而且除了凯勒，也没有人能写得出来。"

谣言平息之后，凯勒的这部著作就进入了英语文学的经典之林，传诵至今，读者争购，销数不衰。从1903年到1961年版权几经转移，印刷版次已查不清。1961年起版权始归戴尔出版公司，从1961年到1980年共印过二十四版。罗斯福夫人埃利诺在新版的前言上说："这个故事会有许多人读起来很感兴趣，因为这个故事是永远不会完结的。人类精神的美一旦被人认识，我们就永远不会忘记。在她的生活和生活乐趣中，凯勒小姐给我们这些没有那么多困难需要克服的人们上了永不能遗忘的一课……我们都希望这部书有越来越多的读者，让她的精神在越来越广的范围内传播。"

这部自传体的著作写了凯勒二十一岁以前的生活经历，内容是那么的丰富、生动、真实、有趣，无疑是自传文学中的佼佼者，就文学成就来说，和卢梭的《忏悔录》相比毫不逊色。作者是一个又盲又聋又哑的残疾人，但她凭着手摸可以认识周围的世界，她的生活兴趣非常宽广，读书是她最大的嗜好，她还会骑马、游泳，她喜欢参观博物馆，爱戏剧，靠手摸她能欣赏古希腊雕塑的美。这部著作无疑是第一流的文学作品，但作为教育作品来读意义更加重大。

试想一个从一岁半就变成又盲又聋又哑的幼儿，后来居然变成通晓五种语言、知识渊博的学者，这是多么不可思议的奇迹。究竟这个孩子有什么特点呢？她说："我的降生是很简单而普通的，无异于别的小生命。"当然也有点儿特别，"人们说，在我还不会走路的时候，我就已经显露出一种好学而又自信的气质。看见别人做什么，我总要模仿着做"。这就是说她的好学是天赋的。但光靠这一点还不是她取得成就的决定的因素，决定的因素是她对付困难的那种异乎常人的毅力。一个盲聋人要脱离黑暗走向光明，最重要是要学会认字读书。从学会认字到学会阅读，其间所遇到的困难不知有多少。她学说话比聋人学说话困难还要大几倍。"大凡教聋人说话的人……才会知道我要克服的是什么样的困难。我完全是靠手指来观察莎莉文小姐的嘴唇的：我用触觉来领会她喉咙的颤动、嘴的运动和面部表情，而这往往是不准确的。遇到这种情况，我就迫使自己反复练那些发不好音的词和句子，有时一练就是几小时，直到我感觉到发出的音对味儿了为止。我的任务是练习、练习、再练习。失败和疲劳常常使我想打退堂鼓，但一想到再坚持一会儿就能把音发准，就能让我所敬爱的人看到我的进步，我就有了勇气"。从不在失败面前屈服，坚持练习、练习、再练习，这就是她的那种惊人的毅力。

她在大学学习时，许多教材都没有盲文版本，要靠别人把书的内容拼写在她手上，因此她预习功课的时间要比别的同学多得多。当她花费很多时间预习的时候，别的同学却在外面嬉戏、唱歌、跳舞，这真使她忍受不了。"但是不多一会儿，我就振作起精神，把这些愤懑不平一笑置之。因为一个人要得到真才实学，就要独自攀登那奇山险峰。既然没有一条到达顶峰的平坦大道，我就得走自己的迂回曲折的小路。我滑落过好几次，跌倒、爬不上去，撞着意想不到的障碍就发脾气，接着又制服自己的脾气，然后又向上跋涉。啊！登上了一步，我欢欣鼓舞；再登上一步，我看见了广阔的世界。每次的斗争都是一次胜利。再加一把劲儿，我就能到达灿烂的云端，蓝天的深处——我希望的顶峰"。

这种不畏险阻攀登科学高峰的精神正是马克思所提倡的。目前我们正为实现四个现代化而奋斗，难道不应该学一学这种精神毅力吗？

凯勒之所以能走出黑暗，达到那么高的学术成就，除了自己的顽强毅力之外，同她的老师莎莉文的循循教导是分不开的。"我的老师安妮·曼斯菲尔德·莎莉文来到我家的这一天，是我一生中最重要的一天"。"她使我的精神获得了解放"。是老师教她认字，使她知道每一事物都有个名字，也是老师教她知道什么是"爱"这样的抽象名词，也是老师教给她日常交往中使用的无数习惯用语。"莎莉文小姐不管教我什么，总是用一个很好听的故事，或者一首诗来讲清楚"。"她描述事物的能力很强，那些枯燥无味的细节，她一带而过，而且从不考查我前天学的功课。讲解刻板的科技知识时，她总是一点一滴，循序渐进，每个题目都讲得那么生动逼真，使我自然而然地记住了她讲的内容"。"就这样，我从生活中汲取知识。起初，我只是一个什么也不懂的孩子，是莎莉文小姐启发了我，教育了我。她的到来，使我周围的一切充满了爱和欢乐并富有意义。她从不放过任何一个机会，使我了解世间一切事物的美，她每时每刻都在动脑筋、想办法，使我的生活美好和有意义"。这样好的老师真是难得啊！

莎莉文小姐在和别人通信中提到她的教育方法与众不同，她教育凯勒就不是把她关在房里进行死板的、注入式的课堂教育。"我们经常在旷野中进行活动。什么词需要用就教什么词。当某一行动需要用上某一词的时候教给她，她很少会忘记。当某一行动需要用某一短语或句子去叙述的时候，她学这个短语或句子就像学一个单词那么容易。显然地，当孩子们在他们感兴趣的事物中间走动时学习语言成效特别快。他们学会了词语，同时也学到了知识。一进课堂，他们就不再是戏剧主角，他们呆坐着看老师动嘴讲这讲那，这不能引起他们的求知欲。消极被动不能刺激起兴趣和精力。孩子们都热心学习他们想知道的东西，而对你要他们知道的东西则不感兴趣"。

莎莉文的教育方法是理论结合实际，是启发式的而非灌输式的。她的教育经验十分丰富，要介绍她的教学经验是另外一篇文章的题目。这里就不多讲了。

王子野
1981年8月26日

译者前言

本书是美国著名盲聋女作家海伦·凯勒的一部自传体著作，也是她的处女作，写于1902年，记叙作者童年和青年时代的生活。

海伦·凯勒一岁半的时候，一场重病夺去了她的视力和听力，随后又丧失了说话的能力。然而就在那黑暗而又寂寞的世界里，她竟然学会了读书和说话，并以优秀的成绩从大学毕业，成为一名学识渊博，掌握英、法、德、拉丁和希腊五种文字的著名作家和教育家。她走遍美国各地和世界许多国家，为盲人学校募集基金，把自己的一生献给了盲人福利和教育事业，赢得各国民众的赞扬，并得到许多国家政府的嘉奖。1959年联合国曾发起"海伦·凯勒"世界运动。

海伦·凯勒幼年得病致残以后，愚昧而又乖戾，几乎是无可救药的废物，但后来却成长为一名有文化修养的大学生，这确实是个奇迹。无怪乎马克·吐温说，19世纪出了两个杰出的人物：一个是拿破仑；一个是海伦·凯勒。这个奇迹可以说有一半是海伦·

凯勒的老师安妮·莎莉文创造出来的，是她崇高的献身精神和科学的教育方法结出的硕果。从这里可以看出对残疾人进行特种教育的重要性。海伦·凯勒幼时还得到文学、艺术、科学界许多知名人士的关怀和帮助。这不但使她受到教益，更重要的是给她以精神慰藉。书中频频说到的科学家贝尔等社会名流同她交往，读之很有兴味，使人很受启发。

当然，海伦·凯勒学习上的惊人成就，主要还应归功于她发愤图强的精神和坚韧不拔的毅力。我国伟大历史学家司马迁脍炙人口的名句："左丘失明，厥有国语；孙子膑脚，兵法修列。"这所歌颂的不就是这种惊天动地的发愤精神吗？在这个意义上说，海伦·凯勒不但是残疾人的楷模，而且是值得我们每个人学习的。

海伦·凯勒用"忘我就是快乐"来克服生理缺陷所造成的精神痛苦。她说："我要把别人眼睛所看见的光明当做我的太阳，别人耳朵听见的音乐当做我的交响乐，别人嘴角的微笑当做我的幸福。"一句话，她以人之乐为己乐。正因为如此。这个双目失明，两耳失聪，几乎与世隔绝的姑娘，才能那样热爱生活。她会游泳、骑马、滑雪、下棋，还喜欢欣赏戏剧演出，参观博物馆和名胜古迹，从中汲取知识的养料。青年海伦·凯勒赖以克服困难、茁壮成长的这些高尚品质，也是她尔后把毕生精力奉献给盲人事业的思想基础。

海伦从七岁开始受教育，到考进拉德克利夫学院的十四年期间，她给亲人、朋友和同学写了大量的信，总计达数百封。这些书信，或者描述旅途所见所闻，或者倾诉自己的情怀，有的则是复述刚刚听说的一个故事，内容十分丰富。海伦十二岁时就发表短篇小说，进入拉德克利夫学院以后的作文常常被老师作为范文在课堂上朗读，以至后来成为一位著名的作家，其文字根基在很大程度上得力于她从学习读和写的初期就开始写信的爱好和习惯。这些信件，既表现了作者语文程度提高的惊人速度（特别是在早期），也展现了作者从一个幼稚天真的孩子发展成为一个盲人教育家，及其献身精神发生发展的过程。柏金斯盲人学校的刊物曾发表海伦1892年以前的许多书信，供人们研究她的成长过程，同时也用以启发教育读者。

本书选收的书信分为两部分。第一部分是1887年到1890年之间的七封信。读者可以看到一个七岁的盲聋哑孩子，只学习了三个半月写出的第一封信。以及其后四年在思想和文字上的迅速发展，语文水平大大超过了没有生理缺陷、接受正常教育的同龄儿童。第二部分是1891年到1901年的十封信。海伦十岁的时候就热心为一个五岁盲聋孩子汤姆募捐，让他受教育，以后又为盲人福利举办茶会，为她的家乡小镇筹办免费图书馆等等。很清楚，这时海伦的幼稚的心灵里，已经滋生起帮助他人、帮助困苦人的崇高思想的嫩芽，体会到盲人接受教育的重要。这是她后来矢志不渝地献身盲人教育事业的思想基础。

海伦的著名散文《假如给我三天光明》最初发表于美国的《大西洋月刊》，想象丰富，文思有如泉涌。她对生活的那种热爱、执著态度，不能不让人为之感动。此文已由王海珍女士从美国20世纪40年代出版的《古今散文选》上译出，经王子野先生校订润色，原载我国《散文》杂志1980年第12期，现征得译者同意，收入本书。

译者水平有限，译文错误不当之处，请读者指正。

朱　原
1981年4月

我生活的故事

第一章　跌入梦魇

我怀着一种诚惶诚恐的心情着手写这本自传。一条浓雾般的帷幕罩住了我的童年时代，现在要把它撩开，我却心存疑虑，犹豫不决。写自传是一件难事。我想明确地写出幼年时代的各种印象，由于时过境迁，事实和想象往往交织在一起，难以辨认。描绘童年时的经历，难免不知不觉地倚仗着自己的想象力。某些往事历历在目，而另一些却模模糊糊，了无印象了。况且幼年时的喜怒哀乐如今多半已经淡忘，我早年受教育时的某些极为重要的事件，也因为只是一时的刺激而早已忘怀。为避免冗长乏味，我只把最有兴趣和最有价值的一些情节，略为陈述其始末。

我于1880年6月27日生于亚拉巴马州北部一个叫塔斯喀姆比亚的城镇。

我的父系祖先，是定居在马里兰州的瑞士移民卡斯帕·凯勒。在更早的瑞士祖先中有一位是苏黎世最早的聋哑人教员，他有关于聋哑教育的著作问世。这和我也许是一种特殊的巧合，因为总不能说龙生龙，凤生凤，老鼠的儿子打地洞呀！

我的祖父，也就是卡斯帕·凯勒的儿子，来到亚拉巴马州，开垦了一大片土地并定居下来。传说他每年都要骑马从塔斯喀姆比亚到费城为他的庄园采购物品。姑母至今还藏有他当时写的许多家信，生动而翔实地记述了他的历次旅行。

我的祖母的父亲名叫亚历山大·穆尔，当过拉裴特将军的幕僚。祖母的祖父名叫亚历山大·斯托普伍兹，是弗吉尼亚州殖民地早期的总督。祖母是罗伯特·E·李的堂姊妹。

我的父亲亚瑟·H·凯勒，是南部联军的一名军官。母亲凯特·亚当斯是他的续弦夫人，比他小好多岁。外祖父本杰明·亚当斯和外祖母苏曾娜·E·古德休，多年来一直住在马萨诸塞州的纽贝里。我的舅舅查尔斯·亚当斯生在纽贝里，后来迁往阿肯色州的赫勒纳。南北战争发生，他是南军的人，后来擢升为准将。他的妻子露西·海伦·埃弗雷特同爱德华·埃弗雷特以及爱德华·埃弗雷特·黑尔博士，同属埃弗雷特家族。战争结束之后，这一家人迁到了田纳西州的孟菲斯。

在我生了病而成为盲聋哑人以前，我们住的房子很小，总共只有一间正方形的大屋和一间供仆人住的小屋。按照南方的习惯，往往在宅基旁建一所附属的小宅，以备不时之需。南北战争之后，父亲也盖了这样一所，他同我母亲结婚之后，住进了这个小宅。小屋被葡萄、爬藤蔷薇和金银花遮盖着，从园子里看去，像是一座用树枝搭成的凉亭。小阳台也藏在黄蔷薇和南方茯苓花的花丛里，成了蜂鸟和蜜蜂的世界。

凯勒老宅离我们这蔷薇凉亭不过几步，人们叫它"藤绿"，因为这屋及其四周的树木和篱笆上都长满了英国常春藤。这里的一座旧式花园，是我童年时代的天堂。

我的老师来到我家以前，我常常依着那坚硬刺人的方形篱笆摸索前进，靠着嗅觉的引导，找到那初开的百合花和紫罗兰。有时，我发了一阵脾气之后来到这里，把我炙热的脸庞藏在这凉气沁人的树叶和草丛之中。我兴致勃勃地摸来摸去，有时一下子摸到一棵美丽的蔓藤，凭着它的花和叶子，我认出这就是遮盖着那倒塌了的亭子的蔓藤。这样，我来到了花园的尽头。我埋身于这个花园里，真是心旷神怡。这里有爬在地上的卷须藤和低垂的茉莉，还有叫做蝴蝶荷的一种十分罕见的花，因为它那容易掉落的花瓣很像蝴蝶的翅膀，所以名叫蝴蝶荷，这种花发出一阵阵甜丝丝的气味。但最美丽的还是那蔷薇花。我在北方的花房里，从来没有见到过我南方家里的这种爬藤蔷薇，它到处爬攀，一长串一长串地倒挂在阳台上，到处散发着芳香，丝毫没有尘土之气。每当清晨，它身上朝露未干，摸上去是何等柔软、何等高洁，使人陶醉。我不由得时常想，上帝御花园里的日光兰，也不过如此吧！

我的降生是很简单而普通的，无异于别的小生命。我呱呱坠地，睁开了双眼，并且同每家的第一个婴儿一样，成了家庭的中心人物。给第一个孩子取名字绝不是随随便便、轻而易举的事情，因为家里每个人都想插上一句嘴。为我命名照例也花了不少口舌。父亲说我该取名米尔德里德·坎普贝尔，因为这是他很敬重的一位祖先的名字。但他后来就不愿再发表意见了。最后还是由母亲拿主意，说应该按照我外祖母的名字取名，外祖母的闺名是海伦·埃弗雷特。但是后来在抱着我去教堂的途中，在紧张兴奋之中，父亲把这个名字给忘了——这是很自然的，因为他本来就不乐意用这个名字。当牧师要他报名字时，他只记得他们决定用我外祖母的名字，并说外祖母叫海伦·亚当斯（这是海伦外祖母结婚以后的名字，不是闺名）。

人们说，在我还不会走路的时候，我就已经显露出一种好学而又自信的气质。看见别人做什么，我总要模仿着做。六个月的时候，我就会尖声尖气地说："您好！"有一天，我说"茶、茶、茶"，说得清楚明白，大家惊为怪事。甚至在我得病以后，我还能记得我初生几个月的时候学会的一个字，这就是"水"字。在我完全丧失说话能力之后，我仍能模糊地发出一点儿"水"字的音来。直到后来我学着能拼写"水"字，才不用这个音来代表"水"。

人们说，我在刚满一周岁的那天学会了走路。母亲把我从浴盆中抱出来，放在膝上。我忽然看见树叶的影子在光滑的地板上轻轻跳动，我从母亲的膝上滑下来，迈开步子，几乎是跑着去捉那影子。等这一股冲力用完，我就跌倒在地，哭着乞求母亲把我抱起来。

短促的春光里百鸟鸣啭，歌声盈耳，夏天里到处是果子和蔷薇花，待到草黄叶红已是深秋来临。三个美好的季节匆匆而过，在一个活蹦乱跳、咿呀学语的孩子的心灵上留下了美好的记忆。好景不长。次年阴郁的二月来到时，我病了。这场病使我眼盲耳聋，活活把我投入一个混沌无知的世界里，犹如呱呱坠地的婴儿一般蒙昧。人们说我得了急性脑充血。医生认为我是活不成了。然而一天清晨，我忽然退烧，这烧来得奇特，退得也奇特。一家人谢天谢地，欢喜若狂。但是有谁料到，我竟然从此再也看不见，再也听不见周围世界的一切。这是连医生也未曾想到的。

我还依稀记得一些病中的情景，尤其是记得在我清醒时，母亲体贴而耐心地哄着我，以减轻我的痛苦和焦躁。我还记得，我被疼痛和迷乱从半睡中搅醒，把干枯而炙热的眼睛从光亮转向墙壁，这光亮曾是我一度十分喜爱的，如今却变得暗淡，而且日甚一日地暗淡下去。除了这些浮光掠影的记忆——如果真是记忆的话，别的一切似乎都不是真的，倒像是一场噩梦。我对周围的一片静寂和满目黑暗，逐渐地习以为常，忘记了从前曾经不是如此，直到她——我的老师的到来。她使我的精神获得了解放。

第二章 小 霸 王

　　病愈以后几个月的琐细情况，已不复记忆，只记得我常坐在母亲的膝上。当她在家里各处走动操持家务时，我就拉着她的衣裳，跟着东跑西走。我的手到处摸，并留心她的各种动作，用这种方法弄明白许多事物。不久，我感到很需要同别人来往，互相传递信息，于是就开始做一些简单的示意动作。摇一摇头表示"不"，点一点头表示"是"，拉一拉表示"来"，推一推则表示"去"。我若是想要面包，就做切面包和涂黄油的动作；若是要母亲做冰激凌在吃饭时吃，就做打开冰箱的手势并打几个颤抖，表示冷的感觉。母亲也想出了办法，让我明白她所表示的许多东西。我能知道她要我帮她拿什么东西，她一有表示，我就遵命跑上楼，或是跑向别处去拿来。说实在的，我在那漫长的黑夜里能得到一点儿光明，完全是靠着母亲的慈爱和智慧。

　　我对自己周围的一切可以说了如指掌。在我五岁的时候，就学会了把洗好的衣裳叠好收起来，并能认出哪几件是我自己的。从母亲和姑母的梳洗打扮，我知道她们要出去，就求她们带着我去。亲戚朋友来串门儿，我总被叫来见客人。他们走时，我挥手告别，因为我还依稀记得这种手势所表示的意义。一天，几位先生来探望母亲，从前门的启和闭我知道了他们的来到。我灵机一动，跑上楼去，穿上一件自以为是最好的见客的衣裳，学着别人的样子站在镜子面前，往头上涂油，往脸上抹粉，随后又往头上披了一条纱巾，遮住了脸，直搭到肩上。腰里系上一条很大的腰撑，差不多与裙子一样长。我这样打扮好之后，就下楼帮着款待客人了。

　　记不起我是什么时候才第一次觉察出我是与众不同的，但是在教我的老师来到之前，我已发现了这个问题。那时我就已注意到，母亲以及我的小伙伴们在表示要别人做什么事的时候，并不像我那样做手势，而是用嘴说话。有时，我站在两个说话人的中间，用手摸他们的嘴唇，我却不明白他们说些什么，心里十分着急。于是我也活动我的嘴唇，并且用力地打手势，但是别人仍然弄不懂我的意思。这使我愤然大怒，就大叫大嚷、乱踢乱闹，直到声嘶力竭才罢休。

　　我干下的坏事，自己还是明白的，因为我知

道，我踢保姆埃拉，她是被踢痛了的。我发完脾气，心里又觉着有些后悔，但我却记不起有哪一次曾经因悔过而在行动上改过的，稍不如意又故态复萌。

那时，我有两个朝夕相处的伙伴：一个是厨师的孩子，名叫玛莎·华盛顿，是个黑人小姑娘；另一个是老猎犬贝尔，它是只了不起的猎犬。玛莎很懂我的手势，我叫她做什么，她就做什么。我乐于对她指手画脚，而她慑于我的暴虐而不敢同我较量。因为我身强力壮，处处争强好胜，而且不顾后果。我自负而又刚愎自用，甚至不惜拳打脚踢，不达目的决不罢休。我们整天待在厨房里搓面团、磨咖啡、做冰激凌、烤蛋糕，喂母鸡和火鸡。这些家禽一点儿也不怕人，从我手上吃食，并乖乖儿的让我抚摸。一天，一只大火鸡从我手中叼了一个番茄，一溜烟跑了。也许是受了这火鸡的启发，一天，我们把厨师刚烤好的一块蛋糕抢走，躲在柴堆里吃得一干二净。后来，我竟呕吐得一塌糊涂，不知那火鸡是否也受到了这样的惩罚。

珍珠鸡最喜欢把窝建在人迹罕至之处。我特别爱到深深的花丛里去找它们的蛋。我虽不能说给玛莎听"我要去找蛋",但我可以把两手合成圆形,放在地上,示意草丛里有某种圆形的东西,玛莎一看就懂。我们若是有幸找到了蛋,我总不允许玛莎拿着蛋回家。我用手势告诉她,她拿着蛋,一摔跤就要打碎的。

堆放麦子的栅子、养马的马房、还有那一早一晚挤牛奶的牛栏,都是玛莎和我百玩不厌的场所。挤奶人挤奶的时候,让我们把手放在奶牛身上,我由于好奇,在奶牛的身上乱摸,那奶牛发起脾气,用尾巴使劲鞭打我。

准备过圣诞节是我的一大快事。当然,我不明白他们忙些什么,但是我很喜欢那种愉快欢乐的气氛,特别是大人们为了让我们安静一些而分给我和玛莎零碎食品。自然,我们是很碍手碍脚的,使人们做事不便,然而我们却自得其乐。有时他们也让我们帮着磨香料、拣葡萄干,有时还让我们舐羹匙上的余滴。我学着别人把袜子挂起来,然而我并不是真有兴趣,也没有那么大的好奇心,不像别的孩子那样天没亮就急忙起来看袜筒里装进了什么礼物。

玛莎和我一样淘气。七月的一个炎热的下午,两个小姑娘坐在廊下的石阶上：一个皮肤黑得像乌木，头顶上东一束西一束竖着用鞋带系起来的发髻，就像开瓶塞的钻一样；一个则是白白的皮肤，金黄的卷发。一个是八九岁，另一个才六岁。这小的一个是盲童，也就是我，大的一个则是玛莎·华盛顿。我们正忙着剪纸人儿，但不多一会儿就玩儿腻了，又乱剪一通鞋带和树叶。跟着我又把剪刀转向玛莎头上的那些"开塞钻"。起先她不让，后来就屈服了。她也以牙还牙，拿起剪刀就来剪我的头发，刚剪下了一缕，幸亏母亲及时赶来，不然我的头发就荡然无存了。

那只叫贝尔的狗，是我的另一个伙伴。它又老又懒，爱躺在火炉边上，不爱跟着我到处乱跑。我费劲地教它明白我的手势，但它又笨又不用心。有时它忽然跳起，惊得浑身颤抖，跟着又全神贯注地蹲着，就像要逮一只鸟的样子。我不明白它为何如此，但它不听我的指挥是肯定的。我很生气，教不下去了，就给它饱食以老拳。它从地上爬起来，伸伸懒腰，鼻子里哼了两声，转到火炉的那一头，又躺下了。而我呢？又累又泄气，只得丢下它，转身去寻玛莎。

幼年时代的种种往事历历如在眼前，那些寂静而又没有光明的日子里我无所事事地生活着，回忆起来尤感愧怍。

有一天，我不小心把水溅到了围裙上，便把围裙张开，放在起居室炉子的余火边上烤。我嫌围裙干得慢，就移得近一些，放到了热灰上面。火一下子着了起来，燃着围裙，把我的衣裳也烧着了。我狂叫起来，老奶奶维尼赶来，用一床毯子把我裹住，差点儿把我闷死，但火倒是灭了。除了手和头发之外，烧得还不算厉害。

大约也就是在这时，我发现了钥匙的妙用。一天早晨，我把母亲锁在厨房里，由于仆人们都在别的屋里干活儿，她被锁在里边足有三个小时。她在里边拼命敲门，而我却坐在走廊前面的石阶上体察着敲门所引起的震动而咯咯笑个不止。这种淘气太不成体统了，父母决定要尽快请人来管教我。记得我的老师莎莉文小姐来家之初，我就找了个机会把她锁在她的房间里。当时母亲让我上楼送东西给她，我回转身来"砰"的一下把门锁上，将钥匙藏在大厅里的柜子底下。任凭他们怎么哄我，我也不肯吐露出钥匙藏在何处。父母不得不搭了一架梯子，让莎莉文小姐从窗户爬出来。我感到十分得意，几个月之后，才把钥匙交了出来。

我大约五岁时，我们从那所爬满蔓藤的屋子搬到一所比较大的新屋子。我们一家除父母亲，还有两个异母哥哥，后来又有了一个妹妹，叫米尔德里德。我对父亲的最早的记忆是，有一次，我穿过一堆堆的报纸，来到父亲跟前，恰巧他独自一个人举着一大张纸，把脸都遮住了。真莫明其妙，他在干什么呢？我学着他的模样，也举起一张纸，还戴上他的眼镜，以为这样可以帮助解开这个疑团。但此后好几年，我都没能弄明白，后来我才知道，那些纸都是报纸，父亲是一家报社的编辑。

父亲是一个极其仁慈而宽厚的人，非常热爱这个家庭。除了打猎的季节，他总不离开我们。听说他是一个精明的猎人，并且是一名神枪手。除了家人，他最爱的就是狗和枪。他非常好客，几乎有些过分，每次回家都要带回一个客人。他的得意之作，要算他经营的花园了，据说他种的西瓜和草莓是我们这县中最出色的。他还常常带一些最早上市的葡萄和精选出来的樱桃给我吃。他有时领着我在瓜田和果林里走来走去，抚摸着我，以我之乐为乐。此情此景，至今历历如在眼前。

他是讲故事的能手。我学会了说话之后，他常常费劲地用手指在我手掌上描画字母，讲最引人入胜的故事给我听。最使他高兴的事，莫过于听我复述他讲过的故事。

1896年夏天，我在北方度夏的最后几天，传来父亲逝世的消息。他得病时间不长，一阵急性发作之后，人就完了。这是我第一次尝到死别的悲痛滋味。

我应当怎样描述我的母亲呢？她是那样的宠爱我，反使我难以说起她。

在很长一段时间里，我把妹妹看做是侵犯了我的权利的人，因为我知道我不再是母亲唯一的心肝了，不由得满腹妒忌。如今她坐在母亲的膝上，占去了我的位置，而且母亲的时间和对我的关心似乎也都被她占去了。后来发生了一件事，我觉得不仅是受到侵害，而且是受了侮辱。

那时我有一个洋娃娃，爱得要命，后来我把她取名叫南希。她是我溺爱和脾气发作时的牺牲品，浑身被磨破得一塌糊涂。我有能说话的、能叫喊的洋娃娃，也有能眨眼睛的洋娃娃，但是没有一个像可怜的南希那样被我疼爱。有一个给南希睡觉的摇篮，我常常摇她睡觉，一摇就是一个多小时。这洋娃娃和摇篮我都视为珍宝，不让别人动一动。然而有一次，我却发现妹妹舒舒服服地睡在这摇篮里。啊！一个我不喜爱的人竟然如此放肆，我不禁勃然大怒，愤然冲过去，把摇篮推翻，要不是母亲赶来接着，妹妹就可能要被摔死。这时我已又盲又聋，处于双重的孤独之中，当然不能领略亲热的语言和怜爱的行为以及伙伴之间所产生的感情。后来，我受了教育，享受到了人类的幸福，米尔德里德和我两个人就逐渐情投意合，手拉着手到处游逛，尽管她看不懂我的手语，我也听不见她咿咿呀呀的童音。

第三章 奔向光明

我日甚一日地迫切希望把自己的思想感情和愿望表达出来。几种单调的手势，日益不敷应用，每次表达不了我的意思，我都要大发脾气。我觉得好像有若干看不见的魔爪紧紧抓着我，我在疯狂地挣脱它们。我极力挣扎，并不是因为挣扎会有效应，只是因为反抗的烈火在我胸中燃烧。而到头来，我总是大哭一场，弄得精疲力竭。母亲若在旁边，我就一头扑到她怀里，悲痛欲绝，甚至我连为何发脾气都给忘了。后来这种表达思想的愿望愈来愈强烈，以致每天都要发脾气，我有时甚至每隔一小时就闹一次。父母亲忧心如焚，急得手足无措。我们的住处离盲人学校和聋哑学校很远，而且也似乎不会有人愿意到塔斯喀姆比亚这样偏僻的地方，来教一个既盲且聋的孩子。说实在的，亲戚朋友们总以为我是不可教育的。然而母亲从狄更斯的《游美札记》中看到一线希望。她读过狄更斯关于布里奇曼的记述，并且依稀记得这个布里奇曼又聋又盲，然而受到了很好的教育。母亲又记起，发明教育盲聋人方法的豪博士已经逝世多年，他的方法也许已经失传。即使未失传，像我这样一个在亚拉巴马州边远城镇的小姑娘，又将如何得益于这种方法呢？

我六岁时，父亲听说巴尔的摩有一位著名的眼科医生，治好了好几个盲人。父母便立即决定带我去那里治眼睛。

这次旅行是非常愉快的，我至今记忆犹新。我在火车上交了很多朋友。一位夫人送给我一盒贝壳。父亲把这些贝壳钻了孔，我用线穿起来，玩儿得高高兴兴，自得其乐。列车员对我也很好。他在车上来回检票，我总拉着他的衣角跟着跑。有时他把轧票器给我玩儿，我就蜷缩在座位的一角，用这玩意儿在硬纸上打小孔，几个小时也不厌。

姑母用手巾给我做了个大娃娃，奇特得不成样子，耳口鼻都没有。这么个临时凑合的玩意儿，即使凭孩子的想象力，也说不出那张脸是个什么样子。很奇怪，别的倒还好说，最使我不满的是缺少一双眼睛。我不厌其烦地把这个毛病指给大家看，但谁也没有本领给它装上两只眼睛。我灵机一动，想出了一个主意。我爬到座位底下，找到姑母的披风，那上边缝着一些大珠子，我扯下两颗，指给姑母看,让她缝在洋娃娃的脸上。姑母拉着我的手去摸她的眼睛,核实我的用意,我使劲地点头。她缝上了珠子,我高兴得无以复加。但是转眼间,我就不爱玩儿这娃娃了。整个旅途,吸引我的事层出不穷,我忙个不停,一次脾气也没有发。

到了巴尔的摩,奇泽姆医生热情地接待了我们,但他治不了我的病。然而他说我可以受教育,并建议我们去华盛顿找亚历山大·格雷厄姆·贝尔博士,说他会给我们出主意,找到合适的学校或是老师。听了他的话,我们立刻启程去华盛顿找贝尔博士。一路上,父亲愁肠满腹,顾虑重重,而我却完全不理解他们的苦衷,只是觉得在各处旅行无比地愉快。我虽然还是个不懂事的孩子,但我一同贝尔博士接触,就感到了他的温存和热情,正是这种温存与热情使无数的人觉得他和蔼可亲,并且赞美他医术高明。他把我抱在膝上,让我玩弄他的表,并且把表开动起来,让它报时。他很懂我的手势,我立刻喜欢上了他。我从没想到,这次相识竟成为我生命的转折点。从此,我从黑暗进入光明,摆脱了孤独隔膜的状态,开始得到人间的友爱并汲取人类的知识。

贝尔博士建议我父亲写信给波士顿柏金斯盲人学校校长阿纳格诺斯先生，请他为我物色一位启蒙老师。这个柏金斯盲人学校正是豪博士为盲人谋幸福的地方。父亲立刻发了信。没过几个星期就接到热情的回信，告诉我们一个令人愉快的消息，教师已经找到了。这是1886年夏天的事。但莎莉文小姐直到第二年三月才来到我家。

就这样，我走出了埃及，站在了西奈山（基督教《圣经》中，上帝授摩西十诫的地方）的面前。一时灵感通遍我的全身，眼前展现出无数奇景。从这圣山上发出了这样的声音："知识给人以爱，给人以光明，给人以智慧。"

第四章 再塑生命的人

我的老师安妮·曼斯菲尔德·莎莉文来到我家的这一天，是我一生中最重要的一天。回想这之前和这之后的两种截然不同的生活，我不能不惊叹万分。这是1887年3月3日，那时我才六岁零九个月。

这天下午，我站在阳台上，默不作声地期待着。从母亲的手势以及人们匆匆忙忙跑进跑出中，我猜想一定有什么不寻常的事要发生。因此我走到门口去，站在台阶上等着。下午的阳光穿透遮满阳台的金银花叶子，照射到我仰着的脸上。我的手指有意无意地抚弄着我熟悉的那些花草的叶子，抚弄着那些为迎接南方的春天而绽开的花朵。那时，我还不知道生活的大门即将向我敞开。在这以前的几个星期，暴怒和伤心一直纠缠着我，使我心烦意乱，苦不堪言。

朋友，你可曾在茫茫大雾中航行过？在对面不见人的大雾中你神情紧张地驾驶着一条大船，不时用各种仪器探测着方位和距离，缓慢地向对岸驶去？你的心怦怦直跳，唯恐发生意外的事。在未受教育之前，我正像这大雾中的航船。我既没有指南针也没有探测仪，无从知道海港已经非常临近。我心里无声地呼喊着："光明！光明！快给我光明！"恰恰正在此时，爱的光明照到了我的身上。

我觉得有脚步走过来，是母亲来了吧，我伸出手去。一个人握住了我的手，接着把我紧紧地抱在怀里。她是来对我启示世间的事理，她是为了爱我才来的。她就是我的老师——安妮·莎莉文。

第二天早晨，她带我到她屋子里去，给我一个洋娃娃。我后来才知道，原来这洋娃娃是柏金斯盲人学校的学生送给我的，洋娃娃的衣裳是劳拉·布里奇曼亲手做的。我玩儿了一会儿洋娃娃，莎莉文小姐在我手上慢慢地拼写"洋娃娃"这个词，我立即对这种用手指写字的方式发生了兴趣，并且模仿着在她手上画。当我最后能正确地拼写这个词时，我感到十分自豪，高兴得脸都涨红了。我跑下楼去，找到母亲，把这个词拼写给她看。我并不知道这是在写字，甚至也不知道世界上有文字这种东西。我不过是用手指依样画葫芦而已。在随后的几天里，通过这种不求甚解的方法，我学会了拼写

"针"、"帽"、"杯"这些字，还有"坐"、"站"、"行"这些动词。世间万物都有自己的名字，那是老师教了我几个星期以后，我才知道的。

　　一天，我正在玩儿我的新洋娃娃的时候，莎莉文小姐把我原来那个布娃娃也拿来放在我的膝上，同时在我手上拼写"洋娃娃"这个词，让我懂得这个词对这两个东西都适用。这天上午，我们已经为"杯"和"水"这两个字纠缠了很久。她要我懂得"杯"是"杯"，"水"是"水"，而我总把两者混为一谈，"杯"也是"水"，"水"也是"杯"。她没办法，只好暂时丢开这个问题，而现在她又旧话重提。我实在不耐烦了，抓起新洋娃娃就往地上摔，把它摔碎了。我心中觉得特别痛快。发这种脾气，我既不惭愧，也无悔恨，我对洋娃娃并没有爱。在我的那个寂静而又黑暗的世界里，根本就不会有温柔的感情。莎莉文小姐把碎片扫到炉子边上，这使我感到一种满足。她把我的帽子取来递给我，我知道她要带我到外面暖和的阳光里去了。这个思想——如果一种无需借助言语的交流而单独存在的感觉也可以称作思想的话——使我高兴得跳了起来。

　　我们从一条小路散步到井房，房顶上盛开的金银花香味儿扑鼻。有人正在提水。老师把我的一只手放在水管口上,一股清凉的水在我手上流过。这时她在我的另一只手上拼写"水"字,开头写得很慢,后来就写快了。我一动也不动地站着,全神贯注于她手指的动作。忽然间,我恍然大悟,好像记起了一件早已忘却的事。我一下子理解了语言的神秘,知道了"水"这个字就是正在我手上流过的这清凉而奇妙的东西。水唤醒了我的灵魂,并给予我光明、希望、快乐和自由。当然,在今后的征途上仍然会有阻碍,但是阻碍是会被克服的。

这井房使我求知的欲望油然而生。啊!原来宇宙万物都各有名称,而每个名称都启发了我新的思想。当我再回到屋里,我碰到的东西似乎都有了生命,这是因为我在用刚刚获得的这种新奇的观点观察这些东西。一进门,我想起了被我摔碎的洋娃娃。我摸索着来到炉子跟前,捡起碎片,想把它们拼凑起来,但怎么也拼不好。我两眼浸着泪水,因为我认识到了我干了些什么样的坏事。我深感惭愧和后悔,这是生平第一次。

这一天,我学会了不少字,虽不能确记其全部,但还记得有"父亲"、"母亲"、"妹妹"、"老师"等。这些字使整个世界在我面前变得花团锦簇，美不胜收。当晚，我躺在床上回味这一天的巨大收获，心中充满喜悦。啊！世界上还有比我更幸福的孩子吗？这天晚上，我有生第一次企盼着新的一天快些来到。

第五章　亲近大自然

我灵魂的觉醒，迎来了1887年的夏天，其间种种往事至今记忆犹新。我几乎整天都用手去探摸我所接触到的东西，并记住它们的名称。我探摸的东西越多，对其名称和用途了解得越细，我就越发高兴和充满信心，越发感到同外界的紧密联系。

当繁花似锦的季节来到时，莎莉文小姐拉着我的手，越过田野，向田纳西河边走去。人们忙着在田里翻耕土地，准备播种。我们在河边温暖的草地上坐下。在这里，我第一次明白了大自然对人类的恩惠。我懂得了是阳光雨露让大地长出了这些树木和庄稼，既能使人赏心悦目，又能供人果腹充饥。我懂得了鸟儿如何筑巢，如何生活，如何随着季节的变化而长途迁徙，懂得了松鼠、鹿和狮子等各种各样的动物如何觅食，如何栖息。事情了解得越多，就越感到这个世界的美好。莎莉文小姐先教会我从那粗壮的树木、那片片草叶、还有我妹妹的那双小手上去领略美的享受，然后才教我计算和画地球的形状。她把对我的启蒙同大自然联系起来，使我同花儿同鸟儿结成愉快的伙伴。

　　但是也就大约在这个时候，我的一次经历告诉我，大自然并不总是那么慈爱可亲。一天，我和老师散步到较远的地方。这天早晨风和日丽，但当我们往回走时，天气热起来。我们在路旁树下休息了两三次，最后一次停在离家不远的一棵野樱桃树下。这树枝叶茂盛又好攀登，老师用手一托，我就上了树，找了根枝干坐了下来。树上十分阴凉，莎莉文小姐说，就在树上吃午饭吧！我答应她一定安静地坐在那里，等着她回去把饭拿来。

　　忽然间风云突变，太阳的温暖完全没有了。天空乌云密布，因为那代表着阳光的热气已经从大气中消失。地面上升起一阵怪气味，我知道这是暴风雨来到之前常有的预兆。我感到一种不可名状的恐惧，一种同朋友隔绝、同大地分离的孤独感油然而生。我一动不动地坐着，冷得一阵阵地发抖，盼着莎莉文小姐返回，最关键的是我要从树上下来。

　　一阵不祥的沉寂以后，树叶哗啦啦齐声作响，树身猛烈地摇动起来。一阵狂风险些把我从树上刮下来，幸亏我紧紧抓着树枝。树摇动得越来越厉害，折断的小树枝像雨点般向我打来。虽然我急得想从树上跳下，但我害怕得不敢动弹。我蜷缩在树杈中间，树枝在我周身扑打着。我觉得大地在一阵一阵地震动，像有什么沉重的东西掉到了地上。这震动由下而上地传到了我坐着的枝干。我惊恐到极点，害怕人和树同时倾倒。正在这时，莎莉文小姐抓着了我的手，扶我下了树。我紧紧抱着她，为又一次接触到坚实的大地而高兴得发抖。我又获得了一种新的知识——大自然有时也"向她的儿女开战，在她那温柔美丽的外表下面还隐藏着利爪哩"！

这以后我一想到爬树就怕得要命，过了很久我才又一次爬树。最后还是那繁花满枝、香味儿扑鼻的弥莫萨树消除了我的恐惧心理。

又是一个春天，一个晴朗的早晨，我独自坐在亭子里看书，一股奇异的香气向我袭来。我立刻站起身来，本能地伸出两手。似乎"春之神"穿亭而过。"什么香味儿？"我问道。但我立刻就分辨出这是弥莫萨花的香味儿。我想起这棵树是长在篱边小路拐弯的地方，就摸索着向花园的那一头走去。啊，弥莫萨树是在这里！在温暖的阳光里，那繁花盛开的枝条在微微颤动，几乎下垂到长满青草的地面。世界上哪里有过如此绝妙的美景！那秀丽的花朵一尘不染，就好像是月宫的仙桂移植到了人间。我在落英缤纷中走到那粗大的树干旁边，站在那里愣了片刻，然后我把脚伸到枝桠的空处，两只手抓住枝干往上爬。树干很粗，抓不牢，我的手又被树皮擦破，但我有一种美好的感觉：我正在做一件奇妙的事。因此我不断往上爬，直到爬上一个舒适的座位。这个座位是很早以前被砌在那里的，日久天长，竟成了树的一部分。我在上面待了很长的时间，就好像云端仙女一般。从那以后，我常在这棵月宫仙桂上尽兴玩耍，冥思遐想，遨游在美妙的梦境中。

第六章　挑战语言

　　我掌握了学说话的钥匙，急于想加以运用。耳朵好的孩子不费什么劲儿就可以学会说话。别人嘴里说出来的话，他们轻松愉快地听进耳朵，模仿着说出口。而耳聋的孩子则要通过缓慢而痛苦的过程，才懂得别人说些什么，但不论怎样，最后总是要学会说话的。我这个耳聋的孩子先从叫东西的名称开始，一步步艰难地向前迈进，刚开始虽然连音都发不清，但是到后来，即便是莎士比亚剧本中扣人心弦的诗句也能表达自如。

　　起初，老师告诉我新鲜事，我很少提问题。我脑子里的概念模模糊糊的，而且掌握的词汇也很少。但后来我对外界的了解逐渐增加，会的词汇也多了，问话也就多了起来。我总是一而再、再而三地问每一件事，想了解得更多些。有时学到一个新词，脑海里就会浮现出一件旧事的印象。

　　我还记得那天早晨，我第一次问老师"爱"这个字是什么意思的情景。当时我知道的字还不很多。我在花园里摘了几朵紫罗兰拿给老师。她想吻我，可我那时除了母亲外，不喜欢让别人吻我。莎莉文小姐用一只胳膊轻轻地搂着我，在我手上拼写出"我爱海伦"几个字。

我问："爱是什么？"

她把我拉得更近些，指着我的心说："爱在这里。"我第一次感到了心脏的跳动。她的话使我茫然不解，因为当时除了能触摸到的东西外，我几乎什么都不懂。

我闻了闻她手里的紫罗兰，一半用话，一半用手势问道："爱就是花的香味儿吗？"

老师回答说："不是。"

我又想了想。当时太阳温暖地照耀着我们。

"爱是不是太阳？"我指着阳光射来的方向问："是太阳吗？"

当时在我看来，世界上没有比太阳更好的东西了，因为它的温暖使万物茁壮生长。但莎莉文小姐却连连摇头。我真是又困惑又失望，难道老师就没法告诉我爱是什么吗？

一两天之后，我用线把大小不同的珠子穿起来，按两个大的，三个小的这样的次序。我老是弄错。莎莉文小姐非常耐心地一次又一次地给我纠正。弄到最后，我发现有一大段穿错了。这时我坐在那里仔细想，到底应该怎样把这段穿好。莎莉文小姐碰碰我的额头，使劲地拼写出了"想"这个字。

我一下子明白了，这个字原来指的是脑子里正在进行的过程。这是我第一次意识到抽象的概念。

我一动不动地在那里坐了好半天，想的不是放在膝上的珠子，而是竭力想根据这一新的概念理解"爱"的意思。那天，太阳躲到云彩的后面，下着一阵阵的小雨，但突然间从南面露出了光彩夺目的太阳。

我又问老师："爱是不是太阳？"

她答道："爱有点儿像太阳没出来以前天空中的云彩。"随后她又用更简单的、当时我还不大理解的话解释说："云彩你是摸不着的，但你却能感觉到雨，而且知道花草和干枯的土地在热天里得到雨水会多么高兴。爱也是摸不着的，但你却能感到爱所带来的甜蜜。没有爱，你就不快活，也不想去玩儿。"

刹那间，我明白了其中的道理——我感觉到有许多看不见的线连接着我的心灵和其他人的心灵。

莎莉文小姐从一开始教我，就像对待其他耳朵不聋的孩子那样，总是跟我对话，唯一的区别是，她把一句句话拼写在我手上，而不是用嘴说。当我找不到单词或习惯用语来表达思想时，她便提供给我；有时我答不上来的，她甚至提示我应该回答的话。

这个过程延续了好几年，因为耳聋的孩子要能掌握最简单的日常交往中使用的无数习惯用语，一个月固然不行，就是两三年也做不到。耳朵不聋的小孩儿学说话是靠不断地重复和模仿。在家里，他听大人说话，脑子跟着活动，联想说话的内容，同时也学会表达自己的思想。但耳聋的孩子却无法这样自然地交流思想。莎莉文小姐意识到了这一点，决心用各种方法来弥补我的缺陷。她尽最大可能反反复复地、一字一句地重复一些日常说的话，告诉我怎样和别人交谈。但过了很长一段时间，我才敢主动张口和别人说话，又过了更长一段时间，才知道在什么场合应该说什么话。

聋人和盲人很难领会谈话中的细枝末节。而既聋又盲的人遇到的困难又会大多少倍啊！他们无法辨别人们说话的语调，没有别人的帮助，领会不了语气的变化所包含的意思。他们也看不见说话者的脸色。脸色是心灵的流露。

第七章　畅游在知识的海洋

我在受教育历程上迈出的第二步，是学习阅读。

我刚能用字母拼几个字，老师就拿给我一些硬纸片，上面的字都是用凸起的字母拼成的。我心里马上就明白了，印在硬纸片上的每个字都代表某种物体、某种行动或某种特性。我有一个框架，可以用所学到的字在上面摆出短句子。但是，我在用硬纸片摆句子以前，总要先用实物把句子表现出来。例如，我找出写有"娃娃"、"是"、"在……上"和"床"的硬纸片，把每个硬纸片放在有关的物体上，然后再把娃娃放在床上，在旁边摆上写有"是"、"在……上"和"床"的卡片，这样既用词造了一个句子，又用与之有关的物体表现了句子的内容。

一天，我把"girl"（女孩）这个词别在我穿的围裙上，然后站在衣柜里，把"is"（是）、"in"（在……里）、"wardrobe"（衣柜）这几个词放在框架上。这成了一种游戏，一种我最喜欢玩儿的游戏。我和老师有时一玩儿就是几个小时。屋子里的东西常常都被我们摆成了语句。

从认识字卡到看书，中间只是一步之隔。我拿起《启蒙读本》，在上面寻找我认识的字。一旦找到一个认识的字，就像在玩捉迷藏时逮着一个人那么高兴。就这样，我开始了阅读。下面我将谈到我是什么时候开始读小说的。

在很长一段时间里，我没有正规的课程。即使我非常认真地学，也像是在玩儿，而不像在上课。莎莉文小姐不论教我什么，总是用一个很好听的故事，或者一首诗来讲清楚。只要我表示喜欢什么东西，或对什么东西感兴趣，她就像一个小女孩儿那样，没完没了地跟我唠叨起来。孩子们讨厌的事，如学语法、做数学题以及较为严格地解释一个什么问题，在老师的耐心指导下我做起来都趣味盎然，以致后来成了我最美好的回忆。

不知什么缘故，我喜欢什么，想要些什么，莎莉文小姐都顺着我的心，也许这是和盲人长期接触的结果吧。她描述事物的能力很强。那些枯燥无味的细节，她一带而过，而且从不考查我前天学的功课。讲解刻板的科技知识时，她总是一点一滴，循序渐进，每个题目都讲得那么生动逼真，使我自然而然地记住了她讲的内容。

　　我们经常在室外，在充满阳光的树林里读书、学习，而不愿躲在屋子里。这时我学到的东西都饱含着森林的气息——松叶的脂香味儿混杂着野葡萄的芳香。坐在鹅掌楸树那翳翳的树阴下，我感到世界万物都有可供我学习的东西，都能给我以启迪。"宇宙间的一切的可爱就是它们的用处"。的确，那些嗡嗡作响、低声鸣叫、婉转歌唱或开花吐香的万物，都是我学习的对象。不停地歌唱的青蛙、蚂蚱和蟋蟀常常被我捉住，放在捂起的手心里，静静地等候着它们高兴地鸣叫。那毛茸茸的小鸡，那正在绽开的棉桃、野花、玫瑰花、紫罗兰，那柔软的纤维和带绒毛的棉籽，那风吹玉米秆儿发出的飒飒声，玉米叶子互相碰撞的沙沙声，那被我们抓住的在草地上吃草的小马，它那愤怒的嘶鸣以及它嘴里发出的草香味儿，这一切无不是我学习的对象。

　　有时天刚亮，我就起身溜到花园里。花儿上草上满是湿漉漉的露水。谁能体会到把玫瑰花轻柔地握在手心里，会使人感到多么快活，百合花在徐徐的晨风中摇摆，又是多么媚人。采摘鲜花，有时会一下子抓到钻在花里的昆虫，我可以感觉到它们由于受到外界的压力而突然使劲地扑打双翅。

我最爱去的另一个地方是果园。一到七月初，果子便成熟了，毛茸茸的大桃子会自己落到我手里。一阵微风吹动树枝，熟透了的苹果便在脚下乱滚。我把落在地上的苹果捡起来，用围裙兜着，用我的脸去碰那被太阳晒热的苹果，蹦蹦跳跳地跑回屋里。哦，我是多么快活啊！

我和莎莉文小姐很爱去"凯勒登陆场"散步。这是一个荒芜破败的码头，位于田纳西河边，是南北战争时为了士兵登陆而修建的。我们在那里一待就是几个小时，一边玩儿一边学地理。我用鹅卵石造堤、建岛、筑湖、开河，做所有这一切都是为了好玩儿，从来没有想到是在学习功课。

莎莉文小姐给我讲我们这个又大又圆的地球，地球上的火山、被埋入地下的城市、不断移动的冰河以及其他许多的奇闻轶事，我越听越觉得新奇。她用黏土给我做立体的地图，我可以用手摸到凸起的山脊、凹陷的山谷和那弯弯曲曲的河流。这些我都很喜欢，但是把地球分成许多地带和南北极使我困惑不解，却也使我燃起求知的欲望。莎莉文小姐为了形象地说明地球，用一根根的线代表经纬线，用一根棍代表贯穿南北极的地轴，这一切都那么逼真，以至现在人们一说起温带，我脑子里就浮现出许多两个连在一起的圆圈，而且我还会信以为真地认为，北极熊真的在爬北极。

数学似乎是我唯一不喜欢的功课。从一开始，我就不爱这种叫数学的科学。莎莉文小姐用线穿上珠子来教我数数儿。我通过摆弄草棍来学加减法，每次总是摆不了五六道题，就不耐烦了。每天做完这几道数学题，就心安理得，赶快跑出去找小伙伴玩儿。

动物学和植物学，我也是这样用游戏的方法学习的。

一次，有一位先生寄给我一些化石，他的名字我已忘记。其中有花纹很美丽的贝壳化石、印有鸟爪印的砂岩以及蕨类植物化石。这些化石打开了我了解远古世界的心扉。我毛骨悚然地听莎莉文小姐给我描述那些可怕的野兽，它们的名字又难听，又不好叫。它们在原始森林中到处游荡，撕断大树的树枝当食物，最后默默无声地死在年代久远的沼泽地里。很长一段时间，我在梦中老梦见这些怪兽，那阴暗可怕的时期同现在形成了鲜明的对照。人们现在是多么快活啊，阳光普照大地，百花争芳吐艳，田野中回荡着我那匹小马悦耳的蹄声。

另一次，有人给了我一个很好看的贝壳。老师就给我讲小小的软体动物是如何给自己建造这么一个色彩鲜艳的安身之所的。在水波不兴的静谧的夜晚，鹦鹉螺如何乘着它的"珍珠船"在蓝蓝的印度洋上航行。我听得津津有味，而且惊讶不已。在我听了许许多多有关海洋动物生活习惯的趣闻，比如小小的珊瑚虫如何在水深浪大的太平洋中建起美丽的珊瑚岛，有孔虫如何建起挺大挺大的大垩山以后，老师给我读了一本名为《驮着房子的鹦鹉螺》的书，并且告诉我，人类智慧的发展就如同软体动物建造甲壳的过程。正如鹦鹉螺奇妙的套膜可以改变它从海水中吸收的物质，使这种物质成为自己身体的一部分那样，人们所得到的点点滴滴的知识，也经历着同样的变化，最后成为一颗颗思想的珍珠。

从植物的生长，我也学到了很多东西。我们买了一棵百合花，放在阳光灿烂的窗台上。不久，那一个个带有小尖儿的绿色蓓蕾便含苞欲放。蓓蕾外面包着的叶子如同人的手指一般，又细又长，它张开得那么缓慢，好像不愿让人窥见里面那美丽的花朵。可一旦开了头，叶子张开的速度便加快了，但却是井井有条，不慌不乱的。在许多蓓蕾中，总是有一个最大最美丽的，它张开叶子的姿态要比其他蓓蕾雍容华贵，似乎躲在那柔软、光滑的外衣里面的花朵知道自己是神圣的百合花之王，而它的较为胆怯的姐妹们在脱掉其绿色的外衣时，则显得十分害羞。最后，整个枝头挂满了怒放的花朵，香味儿袭人。

家里摆满了花盆的窗台上，有一个球形玻璃鱼缸。一次，不知谁在里面放了十一只蝌蚪，我还记得，当时我多么想知道蝌蚪是什么样子。我把手伸进鱼缸，只觉得蝌蚪在自由自在地游动，从我张开的手指间穿来穿去。一天，一个胆大的家伙竟然跃出鱼缸，掉到了地板上。我在地板上找到它时，好像已经断气了，只是尾巴还在微微摆动。但我刚一把它放回水里，它就一下子冲到缸底，快活地游了起来。它既然曾经跃出鱼缸，看到了广大世界，现在就只好心甘情愿地待在这倒挂金钟花下的玻璃房子里，直到变成神气活现的青蛙为止。那时它就会跳进花园那头，在绿树成阴的池塘中，用它那优雅的情歌把夏夜变成音乐的世界。

就这样，我从生活中汲取知识。起初，我只是一个什么也不懂的孩子，是莎莉文小姐启发了我，教育了我。她的到来，使我周围的一切充满了爱和欢乐并富有意义。她从不放过任何一个机会，使我了解世间一切事物的美，她每时每刻都在动脑筋、想办法，使我的生活美好和有意义。

正是莎莉文小姐的聪明才智和丰富的同情心，使我早年受到那么美好的教育。她善于抓住一切机会传授知识，才使我觉得知识是那么可爱，那么容易理解。她认识到孩子的心灵就像溪水，教育就像溪道，溪水沿着溪道千回百转，一会儿映出花朵，一会儿映出灌木，一会儿映出朵朵轻云，佳境不绝。她用尽心思给我带路，因为她明白，孩子的心灵和小溪一样，还需要山涧泉水来补充，汇合成长江大河，在那平静如镜的河面上映出连绵起伏的山峰，映出灿烂耀眼的树影和蓝天，映出花朵的美丽面庞。

哪个老师都能把孩子领进教室，但并不是每一个老师都能使孩子学到东西。如果在工作或休息时，人们不是感到自由自在，就不会很快活地工作，只有经历过胜利的喜悦和失败的痛苦，人们才会毅然决然地承担自己所不喜爱的任务，才会下决心去啃枯燥无味的书本。我的老师与我相亲相爱，密不可分，我永远也分不清我对所有美好事物的喜爱，有多少是我内心固有的，有多少是她带给我的。我觉得我的存在离不了她，我是沿着她的足迹前进的。我生命中所有美好的东西都属于她，我的才能、抱负和欢乐，无不由她的爱所点化而成。

第八章　难忘的圣诞节

莎莉文小姐来到塔斯喀姆比亚后的第一个圣诞节成为我的空前盛事。家里的每个人都在给我准备意想不到的礼物，而我最高兴的是我和莎莉文小姐也在为其他人准备意外的礼物。我高兴得不得了，猜想着人们到底给我什么礼物。而要给我礼物的人，也想尽办法逗引我，故意给我一星半点儿暗示，一句半句不连续的话语，让我自己去猜测。我和莎莉文小姐就玩儿着这猜谜游戏。我从其中学会许多词的用法，比上课学到的要多得多。每天晚上我们都围在暖烘烘的火炉旁边猜谜，随着圣诞节一天天临近，我们猜谜的劲头也愈来愈大。

圣诞前夜，我家附近的小学生们装饰了一棵圣诞树，邀我到他们那里欢度佳节。树上挂满了新奇漂亮的水果，在那一刻，我简直高兴极了，围着圣诞树又蹦又跳。当我知道每人都可以得到一份礼物时，就更加高兴。他们又让我发礼物，我忙得不亦乐乎，甚至没有顾得上看看自己的礼物。等到我看到时，我真巴不得圣诞节马上到来，我知道这些还不是家里人所暗示的东西，因为莎莉文小姐说，那些礼物要比这些好得多呢。不过她叫我耐心些，明天一早就会知道是什么东西了。

那天晚上，我把袜子挂好，好长时间闭着眼睛假装睡觉，想看看圣诞老人来干些什么。后来，我实在困得不行，终于抱着晚上新得到的洋娃娃和白熊睡着了。第二天早上，我第一个起床，全家都被我的"恭贺圣诞"唤醒。我不仅在袜子里找到礼物，而且在桌上，在所有的椅子上，在门上，在窗台上都找到了意想不到的礼物。我几乎每迈出一步，都要碰到一件用薄纸包着的圣诞节礼物。而当莎莉文小姐送给我一只金丝雀的时候，我高兴得无以复加。

我给这金丝雀取名"小蒂姆"。小蒂姆很温驯，常常在我手指上跳来跳去，吃我用手喂的蜜饯樱桃。莎莉文小姐教会我如何喂养小蒂姆。每天早上吃完早饭后，我给它洗澡，把笼子打扫得干干净净，给它的小杯子里装满新鲜的草籽和从井房打来的水，然后再把一小捆繁缕草挂在它的跳架上。

一天早上，我把笼子放在窗台上，去打水给小蒂姆洗澡，回来一开门，一只大猫从我的脚底下钻了出去。开头我没在意,但当我把一只手伸进笼子,没有摸到小蒂姆的翅膀,它的小尖爪子也没有来抓我的手指时,我心里便明白了,我再也见不到我那可爱的小歌唱家了。

第九章　波士顿之行

我一生中的第二件盛事，要算1888年5月到波士顿的旅行了。做好出发前的各种准备，老师和母亲同我一起登程。旅途中的所见所闻，以及最后抵达波士顿，这一切都宛然如同昨日。这次旅行同两年前到巴尔的摩的旅行迥然不同。我已不再是易于激动兴奋、一会儿也闲不住地在车上跑来跑去的小淘气了。我一动不动地坐在莎莉文小姐身旁，专心致志地听她给我描述她从窗口看到的一切：美丽的田纳西河、一望无际的棉花地、山丘和森林以及火车进站后蜂拥而至的黑人，他们笑着向火车上的人挥手，来到一节节车厢叫卖香甜可口的糖果和爆米花。在我的对面，坐着我的布娃娃南希。她身上穿着一件用方格花布新做的外衣，头戴一顶弄得很皱的太阳帽，一双用珠子做的眼睛直盯着我。有时老师讲述得不那么吸引人，我便想起了南希，把她抱在怀里。但我多半时候不能照顾她，只能自我安慰地认为她已经睡着了。

由于我将没有机会再谈到南希，所以我想在这里告诉读者,在我们到达波士顿后不久她所经历的不幸遭遇。一天,我做了几个泥饼拿给南希吃,她怎么也不吃,而我偏要她吃,结果给她弄了一身泥。柏金斯盲人学校的洗衣女工看到娃娃这么脏,便偷偷地把她拿去洗个澡。可我那可怜的南希怎么经得起用水洗啊。等我再见到她时,已成了一堆乱棉花,要不是她那两个用珠子做的眼睛以怨恨的眼光瞧着我,我简直认不出是她了。

火车终于进站,我们到达波士顿时,真好像是一个迷人的童话故事变成了现实。那"很久很久以前"就是现在,那"很远很远的地方"就在脚下。

一到柏金斯盲人学校,我就和那里的盲童交上了朋友。他们都懂手语字母,这使我感到说不出的高兴。能用我自己的语言同其他孩子交谈,怎能叫我不高兴呢?在这以前,我一直像个外国人,得通过翻译同人说话。而在这个学校里,孩子们说的都是劳拉·布里奇曼发明的手势语,我好像回到了自己的祖国。过了一些时候我才知道,我的新朋友们也是盲人。我只知道自己看不见东西,但没有想到那些围着我又蹦又跳、活泼可爱的孩子们也看不见东西。至今还记得,当我发觉他们把手放在我的手上和我谈话，读书时也用手指摸时，我心里感到多么惊奇，又多么痛苦。虽然我早已知道了这些，而且也知道自己丧失了视力，但我一直模模糊糊地认为，他们既然听得见，就一定有某种"第二视觉"，万没有想到原来一个又一个孩子都像我一样一点儿也看不见。但他们是那样高兴和快乐，同他们打闹在一起，我很快就忘掉了痛苦。

在波士顿，和盲童们度过的那些天，使我感到在这个新环境里就好像在自己家里一样。一天天飞快地过去，每天我都盼望着第二天的新的经历。当时我把波士顿看成是世界之始，也是世界之末，我几乎不能相信，除此之外还有其他世界。

在波士顿时，我们到克邦山去了一趟。在那里，莎莉文小姐给我上了第一堂历史课。当我知道这座山就是当年英雄们激战的地方时，真是激动万分。我攀登这一历史遗迹，数着一级级台阶，越爬越高。我心里想着：当时英雄们是否也爬得这么高，居高临下向敌人射击？

第二天，我们由水路去普利茅斯。这是我第一次做海上旅行，也是第一次乘轮船。海上的生活真是丰富而又热闹！但机器的隆隆声，使我感到像是在打雷，我焦急地哭起来，担心下雨吃不成野餐。普利茅斯最使我感兴趣的是当年移民们登陆时踩过的一块巨大的岩石。我用手摸着这块岩石，就更加真切地体验到当年移民们是如何登陆，如何艰苦劳动并取得辉煌成就的。在参观移民博物馆时，一位和蔼可亲的先生送给我一块普利茅斯岩石的模型。从此，我常常把它拿在手里，摸它那凹凸不平的表面、那中间的一条裂缝以及刻在上面的"1620年"，我脑海里浮现出早期英国移民的一桩桩可歌可泣的事迹。

他们的辉煌业绩在我幼小的心灵里是多么崇高而伟大啊！在我的心目中，他们是在异乡创建家园的最勇敢、最慷慨好施的人。我想他们不仅为自己争取自由，而且也为其同胞争取自由。若干年后，我听说他们也有迫害他人的行为，这使我感到非常惊讶和失望。虽然他们的奋不顾身精神和旺盛斗志值得我们自豪，我们感谢他们开创了这一片"大好河山"，但他们的暴行却使我感到羞愧。

我在波士顿交了不少朋友，其中有威廉·恩迪科特和他的女儿。他们的热情接待使我至今不能忘怀。一天，我们到贝弗利去，访问了他们那美丽的农场。当我们穿过玫瑰花盛开的花园，两只狗跑来迎接我们，大的叫利昂，小的长着一身卷毛，搭拉着两只长耳朵，名叫弗里茨。农场里有许多马，跑得最快的一匹叫尼姆罗德，它把鼻子伸进我手里，要我拍拍它，给它一块糖吃，这些都给我留下了美好的回忆。我还记得，那农场靠近海边，我生平第一次到海边的沙滩上玩耍。这儿的沙子又硬又光滑，同布鲁斯特海滨的沙子完全两样，那里的沙子中混杂着海草和贝壳，很松软而且很刺手。恩迪科特告诉我，许多从波士顿启航开往欧洲的大轮船都要经过这里。这以后，我又多次见到他，他待我总是那么和蔼可亲。说实在的，我之所以把波士顿称为"好心城"，就是因为他的缘故。

第十章　海滨假日

　　柏金斯盲人学校放暑假之前,学校方面安排我和莎莉文小姐同我们的好朋友霍普金斯夫人一起,到科德角的布鲁斯特海滨度假。听到这消息我非常高兴,因为我的脑海里已装满了有关大海的各种神奇而有趣的故事,早就盼着有这么一天了。

　　那一年的夏天,给我留下最深刻印象的就是大海。在那以前,我一直住在离海很远的内地,连海水的咸味儿都没有尝过。不过我曾在一本厚厚的叫做《我们的世界》的书中,读到过有关大海的描述。这本书使我的心中充满了好奇感,非常想用手去摸一摸那茫茫的大海,感受一下它那汹涌的波涛。因而当我知道我的夙愿终于就要实现时,我小小的心脏激动得跳个不停。

　　她们刚刚帮我把游泳衣穿好,我便在被太阳晒得很热的沙滩上跑了起来,毫无惧心地跃身跳进了冰冷的海水中。我高兴极了。突然间,我高兴的心情变成了恐惧:我的一只脚碰到一块岩石,随后一个浪头打在我头上。我伸出双手拼命想要抓住什么东西，伸手去抓海水，去抓海浪迎面抛来的海草，但一切努力都是白费。海浪似乎在和我嬉戏，把我从这个浪头推向那个浪头，弄得我晕头转向，真是太可怕了！我脚下没有了广大而坚实的土地，除了这陌生的、四面八方向我涌来的海浪外，似乎世上所有一切都已不复存在：没有生命，没有空气，没有温暖，没有爱。但最后，大海似乎玩厌了我这个玩具，把我又抛上了海岸。刚一着岸，我就被莎莉文小姐紧紧地抱在了怀里。哦，她长长的两条胳膊这样温柔地抱着我，多么舒服啊！我从恐惧中恢复过来后的第一句话就是："是谁把盐放在海水里的？"

　　同海水第一次接触，我就尝到了大海的厉害。打那儿以后，我便不敢下海了，觉得穿着游泳衣坐在大岩石上也很好玩儿。脚下海浪拍打着岩石，浪花像雨水般撒落在我身上。我可以感觉到浪花在猛烈拍打海岸，小鹅卵石在滚动，狂怒的海浪似乎在摇撼着整个海滩，空气也随着海浪在颤动。海浪打在岩石上，破碎了，退了下去，随后又聚拢来，发起更猛烈的冲击。我一动不动地死死扒着岩石，任凭愤怒的大海冲击和咆哮！

我不论在海岸上待多久，总也待不够。海边空气的那种纯净、清新的气味，可以使人清醒、冷静地思考问题。贝壳、卵石、海草以及海草中的小生物，总是那么强烈地吸引着我。一天，莎莉文小姐在岸边的浅水中捉到一个正在晒太阳的很奇特的家伙，送来给我。原来这是一只长得很像马蹄的大螃蟹，我还是头一回看见这家伙。我用手去摸，感到很奇怪，它怎么会把房子背在背上呢？我突然心生一念，把它拿回去喂养该有多好，于是我抓着它往回拖。大螃蟹很重，拽着它在地上拖，我感到很好玩儿。费了九牛二虎的气力，我才拖了一英里的路程。我吵闹着要莎莉文小姐把它放在井旁的水槽里，以为放在那里才保险。哪里想到，第二天早上到水槽边一看，螃蟹没有了！谁也不晓得它跑到哪里去了，也不知道它是怎么跑的。一时间我又气又恼，但慢慢地我想，把那可怜的不会说话的东西圈在这里，是既不仁义又不明智的。过了一会儿，我想它大概是回到大海里去了吧，这样我反倒高兴起来。

第十一章 山间秋季

这年秋天,我满载着美好的回忆,回到了南方。每当我回想起这次北方之行,就不禁惊叹这次旅行中所见所闻的丰富多彩。这次旅行似乎是我新生活的开始。在我脚下展现出了一个新的、美妙世界的各种宝藏,到处都是快乐和新的知识。我用整个身心来感受世界万物,我一刻也闲不住。我的生命充满了运动,就像那些朝生夕死的小昆虫,把一生的生活压缩到一天之内。我遇到了许多人,他们把要说的话拼写在我手上同我交谈,由此思想得到了交流,我高兴地了解到了他们对我的同情。这难道不是奇迹吗?我的心和其他人的心之间,原来是一片草木不生的荒野,现在却是花红草绿、生机勃勃的沃野。

那年的秋季,我和家里人是在离塔斯喀姆比亚大约十四英里的一座山上度过的。山上有我们家的一座避暑用的小别墅,取名叫"凤尾草石矿"。这名字是有来历的,因为附近有一座早已被抛弃的石灰石矿,高高的岩石上有许多泉水,泉水汇合成三条小河，蜿蜒曲折，遇有岩石阻挡便倾泻而下，形成一条条小瀑布，像一张张的笑脸，迎接客人。空旷的地方长满了凤尾草，把石灰石遮得严严实实，有时甚至把小河也盖在下面。高山上树木茂密，有高大的橡树，也有枝叶茂盛的常青树，树干犹如长满了苔藓的石柱。树枝上垂满了常青藤和寄生草，那柿树散发出的香气弥漫在树林的每一个角落，沁人心脾，使人神魂飘荡。有些地方，野葡萄从这棵树上攀附到那棵树上，形成许多由藤条组成的棚架，彩蝶和蜜蜂在棚架间飞来飞去，忙个不停。傍晚时分，在这密林深处的万绿丛中，散发出阵阵清爽宜人的香气，怎不叫人陶醉，使人心旷神怡呢！

别墅坐落在山顶上的橡树和松树丛中，虽然简陋，但环境优美。房子盖得很小，分为左右两排，中间是一个没有顶盖的长长的走廊。房子四周有很宽的游廊，风一吹过，便弥漫着从树上散发出的香气。我们的大部分时间是在游廊上度过的，在那里上课、吃饭、做游戏。后门旁边有一棵又高又大的灰胡桃树，周围砌着石阶。别墅的正面，树木和房屋挨得很近，我在游廊上就可以摸到树干，可以感觉到风在摇动树枝，树叶瑟瑟飘落。

来我们这里做客的朋友很多。晚上，男人们在篝火旁打牌、聊天、做游戏。他们夸耀自己打野禽和捉鱼的高超本领，不厌其烦地描述打了多少只野鸭子和火鸡，捉住多少"凶猛的鲑鱼"，怎样用口袋捕捉狡猾透顶的狐狸，怎样用计谋捉住灵敏的松鼠，如何出其不意地捉住跑得飞快的鹿。他们讲得绘声绘色，神乎其神。我心想，在这些计谋多端的猎人面前，豺狼虎豹简直连容身之地都没有了。最后，听得入了迷的人们散开去睡觉的时候，讲故事的人总是这样祝大家晚安："明天猎场上再见！"这些人就睡在我们屋外走廊临时搭起的床铺上。我在屋里甚至可以听到猎狗和猎人的鼾声。

　　每天天不亮，我便被煮咖啡的香味儿、猎枪的撞击声以及猎人来回走动的脚步声唤醒，他们正在准备出征。我还可以感觉到马儿踢蹄的声音。这些马是猎人们从城里骑来的，拴在树下过了一整夜，到早晨便发出阵阵嘶鸣，急于想挣脱绳索，随人们上路。猎人们终于一个个纵身上马，正如民歌里所唱的那样：骏马在奔驰，缰绳索索，鞭策嘎嘎，猎犬在前，猎人啊！出征了。

　　天慢慢地放亮了，我们开始准备野餐。先在一个深坑里点燃木柴，坑上架着又粗又长的树枝，畜肉就挂在这些树枝上，用铁叉不断翻动。火坑旁蹲着几个黑人，挥动长长的枝条把苍蝇赶走。烤肉散发出扑鼻的香味儿。餐桌还未摆好，我的肚子就叽哩咕噜地叫开了。

正当我们热热闹闹地准备野餐时，猎人三三两两地回来了。他们疲惫不堪，马儿嘴里吐着白沫儿，猎犬耷拉着脑袋跑得呼哧呼哧直喘，要问有什么收获，却什么也没有打到。去打猎的人个个都说至少发现了一只鹿，又离得那么近，但眼看着猎犬要追上，举枪要射击时，却突然不见了鹿的踪影。他们的运气真好像童话故事里的小男孩儿，那小男孩儿说，他差一点儿就发现一只兔子，其实他看见的只是兔子的足迹。不一会儿，猎人们便把不愉快的事统统丢到了脑后，大家围桌而坐。不过端上来的不是鹿肉，而是烤牛肉和烤猪肉。谁让他们打不到鹿呢？没有野味只好吃家畜。

有一年的夏天，我在山上养了一匹小马。我叫它"黑美人"，这是我刚刚看完的一本书的名字。这匹小马和书里的那匹马真是像极了，长着一身黑油油的毛，脑门儿上有颗白星。我常骑着它到外边玩儿好长时间。马儿很温驯时，莎莉文小姐就把缰绳松开，让它随便跑。马儿一会儿停在小路旁吃草，一会儿又咬小树上的叶子。有时候上午我不想骑马，吃完早饭就和莎莉文小姐到树林中散步。我们在树木之间乱穿瞎闯，哪儿荒僻往哪儿去，专走牛马踏出的小路。遇到灌木丛挡路时，就绕道而行。每每归来时，我们总要带回几大束桂花、鼠尾草、凤尾草等等南方特有的花草。

有时，我也和米尔德里德妹妹以及表姐妹们去拾柿子。我不爱吃柿子，但我喜欢它们的香味儿，喜欢在草丛和树叶堆里找柿子。我们有时还去拾各种各样的山果，我帮她们剥栗子皮，帮她们砸山核桃和胡桃的硬壳，那胡桃仁真是又大又甜！

山脚下有一条铁路，火车常在我们眼前疾驶而过，有时它发出一声凄厉的长鸣，把我们吓得连忙往屋里跑。妹妹有时极度紧张地跑来告诉我，一头牛或一匹马在铁路上。离我们家大约一英里的地方有一座高架桥，架在很深的峡谷上，又长又窄，上面枕木朽蚀，走在桥上提心吊胆，就仿佛踩着刀尖。我从来不敢在上面走。

有一天，我和妹妹以及莎莉文小姐在树林中迷失了方向，转了好几个小时也没有找到路。

突然，妹妹用小手指着前面高声喊道："高架桥，高架桥！"本来，我走哪条路，也不愿走这桥的，但无奈天色将晚，眼前就这么一条近道，没办法，我只好踮着脚尖，去试探那些枕木。起初还不算很害怕，走得也还可以，猛然间，从远处隐隐约约地传来了"噗噗、噗噗"的声音。"火车来了！"妹妹喊道。要不是我们立即滚到交叉柱上，我们就要被轧得粉身碎骨了。好险啊！火车头喷出的热气扑打在我们脸上，喷出的煤烟和煤灰呛得我们几乎透不过气来。火车奔驶过去时，高架桥剧烈地摇撼，我感觉好像要被抛进万丈深渊似的。我们费了九牛二虎之力重新爬了上来。回到家时，夜幕早已降临。屋里空无一人，全都出动搜寻我们去了。

第十二章　北方的冬天

自从第一次波士顿之行以后，差不多每年冬天我都是在北方度过的。一次，我到新英格兰的一个小村庄去过冬，在那里我见到了封冻的湖泊和白雪皑皑的广阔田野。我第一次领略到冰雪世界的无穷奥秘。

我是多么吃惊，一只神秘的手竟然把树木剥得精光，只剩下零星挂着的一两片枯叶。鸟儿不见了，光秃秃的树上只剩下堆满积雪的空鸟窝。这高耸的山岭，这广漠的田野，到处一片萧索的景象。冬之神施展的点冰术已使大地僵化麻木，树木的精灵已退缩到根部。在那黑洞洞的地下蜷缩着睡熟了的一切生命，似乎都已消失。即使太阳照射，这白昼也使大地和海洋冷冻得蜷缩起来。她的血管似乎已经枯干老化，她挣扎着爬起来，只是为了朦胧地看一眼这枯萎的野草和灌木丛已变成一片冰的世界。

一天，天气阴沉，冷得出奇，一场大雪来临了。我们跑到屋外，用手去接那最早飞落的几片雪花。那雪花无声无息、纷纷扬扬地从高空飘落到地面，一连几小时下个不停，原野越来越平整，白茫茫一片。一夜大雪过后，早晨起来，村庄和田野都变得不可辨认。所有的道路都被白雪覆盖，看不见一个可以辨认道路的标志，眼前只有无边无际的雪的海洋和矗立在雪海中的树木。

傍晚，刮起了东北风，狂风把积雪卷起，雪花四处飞扬。屋里炉火熊熊，我们围炉而坐，讲故事，做游戏，完全忘却了我们正处于与外界隔绝的孤独之中。夜里，风越刮越大，我们恐惧万分。房顶被风吹得吱吱嘎嘎乱响，屋外的大树左右摇摆，树枝打在窗户上发出可怕的声响。风在发怒，在东闯西撞。

一直到第三天，大雪才住。太阳从乌云后面探出头，照耀在一望无际犹如波浪起伏的白色平原上。这里是高高的雪丘，那里是锥形的雪堆，到处都是一堆堆形状各异的积雪。

人们在积雪中铲出一条条窄小的道路。我戴上斗篷，披上头巾，走了出去。空气冷飕飕的，脸颊被刺得生疼。我们一会儿走在铲出的小路上，一会儿走入积雪中，深一脚浅一脚地来到了一片松林旁，再过去是一大片很宽阔的草场。松树矗立在那里，一动不动，浑身披着银装，像是大理石雕成的一样，闻不到松叶的气味。阳光撒落在松树上，树枝像钻石那样闪闪发光，轻轻一碰树干，积雪就像阵雨一样洒落我们一身。雪地上强烈的阳光反射，穿透了蒙在我眼睛上的那一层黑暗。

积雪一天天地慢慢融化，但还未完全消融，又是一场大雪。整个冬天，几乎踩不着土地。树木上的冰凌偶尔会融化，地上也会露出纸莎草和光秃秃的矮树丛，尽管有太阳照射，湖面却总是冰封着的。

那年冬天，我们最喜欢玩儿的是滑雪橇。湖岸上有些地方非常陡峭，我们就从坡度很大的地方往下滑。大家在雪橇上坐好，一个孩子使劲一推，雪橇便往下猛冲。穿过积雪，跃过洼地，径直向下面的湖泊冲去，一下子穿过闪闪发光的湖面，滑到了湖的对岸。真是好玩儿极了！多么有趣的游戏！在那风驰电掣的一刹那，我们似乎挣脱了捆绑在身上的绳索，脱离了地球，和风一道疾驰，真好像是羽化登仙了！

第十三章 "我现在不是哑巴了"

1890年的春天，我开始学着说话。我早就有发出声音的强烈冲动。我经常一只手放在喉咙上，一只手放在嘴唇上，发出谁也听不懂的声音。凡是能发出声音的东西，我都喜欢。听到猫叫、狗吠，我总爱用手去摸它们的嘴。有人唱歌时，我爱用手去摸他们的喉咙；有人弹钢琴时，我爱用手去摸钢琴。没有丧失听力和视力时，我学说话学得很快，可自从得了那场病，耳朵听不见以后，我就说不出话了。我常常整天坐在母亲的膝上，不停地用两只手去摸她的脸，因为她的嘴唇一动一动的很好玩儿。虽然我早已忘了说话是怎么回事，但也学着人家的样子活动自己的嘴唇。家里人说我哭和笑的声音都很自然。有时，我嘴里还能发出声音，拼出一两个单词，但这不是在和别人说话，而是在不由自主地锻炼自己的发音器官。不过那时我仍记得"水"（water）这个字的意思，因而嘴里经常发"wa—wa"的声音。慢慢地这个字的意思也快忘掉了，就在这时莎莉文小姐来到了我家教我念书。我学会

63

了用手指拼写这个字以后，也就不再发这个音了。

我早就知道，我周围的人交流思想的方法与我不同。虽然当时我还不知道耳聋的小孩儿也能学会说话，但我已开始对我交流思想的方法感到不满意了。人完全靠手来拼写字母与别人交流思想，总是有一种受到限制或被束缚的感觉。这种感觉使我越来越忍受不了，极力想摆脱这种束缚。我常常急得像小鸟使劲扑打翅膀那样，一个劲儿地鼓动嘴唇，想用嘴说话。家里人想方设法阻止我用嘴说话，怕我学不会而灰心丧气，但我死也不甘心。后来偶然有人给我讲了拉尼尔德·卡拉的故事，就更增强了我学说话的信心。

1890年，曾教过劳拉·布里奇曼的兰姆森夫人到挪威和瑞典访问，回来后立即来看我。她告诉我，挪威有一个又盲又聋的小女孩儿，名叫拉尼尔德·卡拉，已经学会了说话。她还没有给我讲完，学说话的欲望就像火一样在我胸中燃烧起来了。我暗自下定决心：要学会说话。我闹着要莎莉文小姐带我去找霍勒斯·曼学校的校长萨拉·富勒小姐，求她给出主意想办法。这位秀丽而又温和的小姐说要亲自教我。于是从1890年3月26日起，我跟她学说话。

富勒小姐教我说话的方法是：她发音的时候，让我把手轻轻地放在她的脸上，从而使我感觉到她的舌头和嘴唇是怎么动的。我迫不及待地模仿每一个动作，不到一小时便学会了用嘴说M、P、A、S、T、I这六个字母。富勒小姐总共给我上了十一堂课。我一辈子也忘不了，当我第一次说出"天气很热"这个连贯的句子时，我是何等的又惊又喜！这几个字虽然说得结结巴巴，但这毕竟是人用嘴说的话啊。我觉得挣脱了束缚，心里有一种新的力量，渴望通过这说得还不够流利的话，掌握所有知识并获得信仰。

耳聋的孩子如果迫切想用嘴说那些他从来没有听过的字，想走出那死一般的寂静世界，摆脱那没有爱的温暖、没有虫鸣鸟叫、没有美妙音乐的生活，他就怎么也不会忘记，当他说出第一个字时，那像电流一样通遍全身的惊喜若狂的感觉。只有这样的人才知道，我是怀着多么热切的心情同玩具、石头、树木、鸟类以及不会说话的动物说话的；只有这样的人才知道，当我妹妹能听懂我的招呼，那些小狗听从我的命令时，我内心是何等喜悦。如今我能用长有翅膀的言语说话了，再也不需要别人帮我翻译了，由此而得到的方便是无法用语言来形容的。现在我可以一边思考，一边说话，而从前用手指说话是无论如何也做不到这一点的。

但千万不要以为，我在这么短的时间内就真的能说话了。我只是学会了一些说话的基本要领。我说的话，富勒小姐和莎莉文小姐听得懂，其他人只能听懂其中很少的一部分。而我不是学会了基本要领以后，就可以不用别人帮助而自然而然地学会说话，我是在莎莉文小姐卓有成效地引导和坚持不懈地努力下，才慢慢能够和别人自由说话的。开头，我白天黑夜地练，才使几个和我最亲密的朋友听懂了我说的话。随后，在莎莉文小姐的帮助下，我反反复复地练习发准每一个字音，不断练习各种音的自由结合。就是现在，她还每天纠正我不正确的发音。

大凡教聋人说话的人都会明白这意味着什么，只有他们才会知道我要克服的是什么样的困难。我完全是靠手指来观察莎莉文小姐的嘴唇的：我用触觉来领会她喉咙的颤动、嘴的运动和面部表情，而这往往是不准确的。遇到这种情况，我就迫使自己反复练那些发不好音的词和句子，有时一练就是几小时，直到我感觉到发出的音对味儿了为止。我的任务是练习、练习、再练习。失败和疲劳常常使我想打退堂鼓，但一想到再坚持一会儿就能把音发准，就能让我所敬爱的人看到我的进步，我就又有了勇气。我急切想看到他们为我的成功而露出的笑容。

"小妹妹就要能听懂我的话了。"这成了鼓舞我战胜一切困难的坚强信念。我常常欣喜若狂地反复念叨："我现在不是哑巴了。"一想到我将能够自由自在地同母亲谈话，能够理解她用嘴唇作出的反应，就充满了战胜困难的信心。使我感到惊讶的是，用嘴说话要比用手指说话容易得多，我不再用手语字母同人谈话了。但莎莉文小姐和另外几个好朋友同我谈话，我仍然使用手语字母，因为同唇读法相比，手语字母更方便些，我理解得更快些。

在这里，也许我应该说明一下我们盲聋人所使用的手语字母。那些不了解我们的人似乎对手语字母困惑不解。人们给我读书或同我谈话时，采用聋人所使用的一般方法，用一只手在我手上拼写出单词和句子。我把手轻轻地放在说话者的手上，一方面不妨碍其手指的运动，另一方面又能很容易地感觉到他手指的运动。我的感觉和人们看书一样，感觉到的是一个个字，而不是单个字母。同我谈话的人由于手指经常运动，因而手指运用得灵活自如，其中有几个人字母拼写得非常快，就像熟练的打字员在打字机上打字一样。当然，熟练的拼写同写字一样，也成了我一种不知不觉的动作。

能用嘴说话以后，我便迫不及待地想赶快回家。这一最最幸福的时刻终于来到了，我踏上了归途。一路上，我和莎莉文小姐不停嘴地说话，我不是为了说话而说话，而是为了抓紧一切时机尽量提高我的说话能力。不知不觉火车已经进了站，只见家里人都站在站台上迎接我们。一下火车，母亲一下把我搂在怀里，全身颤抖着，兴奋得说不出一句话，只顾倾听我发出的每一个字音。小妹妹米尔德里德抓住我的手，又亲又吻，高兴得一个劲儿地蹦跳。父亲站在旁边一言不发，但慈祥的脸上却露出极其愉悦的神色。直到现在，我一想到此情此景，就不禁热泪盈眶，真好像是以赛亚（基督教《圣经》中的人物，希伯来的大预言家）的预言在我身上得到了应验："山岭齐声歌唱，树木拍手欢呼！"

第十四章 《霜王》事件

1892年冬天，我那犹如万里晴空的童年时代，出现了一朵乌云。我郁郁寡欢，长时间地痛苦、忧虑和恐惧，连书也不想读了。直到现在，一想起那些可怕的日子，我还不寒而栗。

我写了一篇题为《霜王》的短篇小说，寄给了柏金斯盲人学校的阿纳格诺斯先生，这就惹来了麻烦。为把情况交代清楚，我还得一一从头说起。为了使我自己和莎莉文小姐得到公正的评判，更不得不把事实说清楚。

我学会说话后的第一个秋天，在家里写了这篇小说。那年秋天，我们在山里住的时间比哪一年都长，莎莉文小姐常常给我描述深秋时节的树叶如何美丽。也许莎莉文小姐的描述使我回想起了有人给我念过的一篇文章，这文章是我不知不觉地记在了心里的。当时我总觉得自己是在"编故事"，想急于把它写出来，免得过后忘记。我文思敏捷，下笔千言，完全沉浸在写作的快乐之中。流畅的语言、生动的形象涌来笔端，一字字一句句都写在了盲人用的布莱尔纸板上。现在，如果有什么文思毫不费劲地涌入我的脑海，那我敢断定，它们一定不是我头脑中的产物，而是从别人那里捡来的东西。但在那时，我只管读书和汲取，从不去注意书是谁写的。就是现在，我也分不大清楚，哪些是我自己头脑里的东西，哪些是别人写在书里的东西。我想，这也许是由于我对事物的印象大都是通过别人的眼睛和耳朵得到的缘故吧！

小说写完后，我念给老师听。现在我还清楚地记得，念到精彩的段落时我是多么高兴。当老师给我纠正某一个字的发音而打断我的朗诵时，我是多么不痛快。吃晚饭时，我把小说念给全家人听，大家都惊讶不已，没想到我能写得这么好。有人问我是不是在哪本书里看到的。

这个问题使我感到很吃惊，因为我一点儿也想不起有谁给我读过这篇小说。我马上回答说："不是，是我自己创作的，小说是为了献给阿纳格诺斯先生而创作的。"

随后，我把小说抄写好，寄给了阿纳格诺斯先生，祝贺他的生日。小说原来的题目是《秋叶》，誊写时根据别人的意见改成了《霜王》。我洋洋得意地亲自把它送到邮局。我做梦也没有想到，这一件生日礼物，将使我付出何等高昂的代价。

阿纳格诺斯先生非常喜欢这篇小说，把它登在了柏金斯盲人学校的通讯刊物上。这使我得意的心情达到了顶点，但没过多久，我便从高兴的顶峰摔了下来。我到波士顿没多久，有人就发现，有一篇小说内容和题目同我写的都极为相似，题目叫《霜仙》，是玛格丽特·T·坎比小姐在我出世以前就已写成，收在一本名叫《小鸟和它的朋友》的集子中。这两篇小说在思想内容和语言文字两方面，都非常相像，因而有人说我读过坎比的小说，我的小说是剽窃来的。开头，我不了解这个问题的性质，但当我了解了以后，我感到极为意外和伤心。我遭到了任何孩子都不曾遭受的痛苦。我给自己脸上抹了黑，也使我最爱戴的那些人受人猜忌。这究竟是怎么一回事啊！我绞尽脑汁，想啊想啊，想我在写《霜王》这篇小说以前是不是看过描写霜的文章或书籍，但我怎么也想不起来读过这方面的书。我只是模糊记得有谁提到过杰克·弗罗斯特（Frost，在英文中与霜谐音）；只记得这个人有一首写给孩子的诗，题目叫《霜的恶作剧》，但我在小说里并没有引用这首诗。

阿纳格诺斯先生最初感到这件事很难办，但他还是信任我，对我仍是很宽厚。这总算暂时驱散了我心头的乌云。不久，学校开展庆祝华盛顿诞辰的活动。为了使他高兴，我强颜欢笑，打扮得漂漂亮亮地去参加庆祝活动。

我在女同学们演出的一场假面剧中扮演了谷物女神。我清楚地记得，那天我穿着一身颇为雅致的服装，头戴一个用色彩斑斓的秋叶扎成的花环，手上和脚上满是水果和谷物。但在所有这些花花绿绿热热闹闹的外表下面，我内心深处却是充满了忧伤。

庆祝活动的前一天晚上，柏金斯盲人学校的一位老师问起我那篇小说。我说莎莉文小姐曾和我谈到过杰克·弗罗斯特和他的杰出作品。不知怎的，我的话却使她认为我确实记得坎比小姐的小说《霜仙》。虽然我一再指出她理解错了，但她还是把她的这一错误结论告诉了阿纳格诺斯先生。

一向非常喜欢我的阿纳格诺斯先生听信了这位老师的话，认为我欺骗了他。不管我怎么解释，他再也不相信我的话了。他认为或至少感到，我和莎莉文小姐有意抄袭别人的作品，以博得他的称赞。紧接着，柏金斯盲人学校的老师和职工组成了一个"法庭"，我被叫去回答问题。他们不让莎莉文小姐跟着我进去。在"法庭"上，他们反复盘问我，使我感到他们是在迫使我承认有人给我谈过坎比的小说《霜仙》。从他们提出的每一个问题中，可以感觉到他们是非常不信任我的，而且我感到阿纳格诺斯先生正在以责备的眼光瞧着我。我当时的感受是无法用语言全部表达出来的。我的心怦怦乱跳，结结巴巴地回答着问题。虽然我意识到这纯粹是一场可怕的误会，但我内心的痛苦并不因之减轻。最后盘问结束，让我走的时候，我头昏眼花，连莎莉文小姐走过来安慰我，朋友们鼓励我，说我是个非常勇敢的小姑娘，为我而骄傲等等，我都无心去听。

　　那天晚上，我躺在床上抱头大哭，恐怕很少有孩子哭得像我那么伤心。我感到浑身发冷，心想，也许活不到明天早上了。这么一想，倒使我觉得安心了。现在回想，如果这场误会不是发生在那时而发生在我后来年龄较大的时候，也许我就因此而颓废了。但人们是容易忘掉不愉快的事情的。随着时间的推移，那些令人痛苦和心酸的事慢慢被我忘却了。

　　莎莉文小姐从未听说过《霜仙》这篇小说，也没有听说过坎比小姐的那本书。在亚历山大·格雷厄姆·贝尔博士的帮助下，莎莉文小姐仔细调查了这件事。最后发现索菲亚·C·霍普金斯夫人在1888年有一本坎比小姐的书《小鸟和它的朋友》。那年，我们正好是在布鲁斯特同她一起度夏的。霍普金斯夫人已经找不到那本书了。不过她对我说，当时莎莉文小姐离开我们去度假，她为了给我解闷，常常从各种各样的书中找有趣的故事念给我听。虽然她同我一样，不记得念过《霜仙》这篇小说，但她确信她曾从《小鸟和它的朋友》这本书中挑选小说给我念过。那么这本书怎么会没有了呢！霍普金斯夫人说她在把布鲁斯特的那所房子卖掉之前，曾处理了许多少年读物，诸如小学课本、童话故事之类。《小鸟和它的朋友》或许也在那时给处理掉了。

　　霍普金斯夫人给我念的那些小说，当时对我也许没有什么作用。但是，故事中出现的那些生词，却引起我这个没有任何其他娱乐的孩子的兴趣。虽然当时讲故事的情景我现在一点儿也想不起来了，但我不能不承认，当时我曾极力想记住那些生词，待莎莉文小姐回来后，让她讲解给我听。可以肯定的是：小说的语言在我的脑子里留下了不可磨灭的印象，虽然在很长一段时间内谁也没有意识到这一点，而我自己更没有想到这个上面。

莎莉文小姐度假回来后，我没有跟她提起《霜仙》这篇小说，其原因也许是因为她刚一回来就给我念了《方特莱奥小君主》的故事，使我脑子里装的全是这个故事，把别的事都给挤掉了。但霍普金斯夫人的确曾给我念了坎比小姐的那篇小说，虽然我把它忘了，可很久以后，它又自然而然地浮现在我脑海里，以致我丝毫没有觉得它是别人思想的产物。

在那些苦恼的日子里，我收到了许多向我表示同情和问候的来信。我所有最好的朋友，除了一个以外，现在仍然是我的好朋友。

坎比小姐亲自写信鼓励我："将来总有一天你会写出自己的巨著，使许多人从中得到鼓舞和帮助。"但这个美好的预言，一直没有得到实现。自从那件事情以后，我再也不敢为了消遣而玩弄笔墨了。的确，从那以后，我总是提心吊胆，害怕所写的东西不是自己想出来的。在很长一段时间里，甚至给妈妈写信时，我也会忽然惊恐起来。于是一遍又一遍地反复念一个句子，直到肯定确实没有在书中看过为止，要不是莎莉文小姐坚持不懈地鼓励我，我也许再也不会去碰笔和纸了。

后来，我找来《霜仙》看了一遍，又看了我从前写的一些信，发现其中果然有抄袭坎比小姐的地方。例如1891年9月29日写给阿纳格诺斯先生的信，感情和语言与坎比小姐的著作毫无二致。那时我正在写《霜王》那篇小说，因而这封信像其他许多信一样，从其中的一些段落可以看出，当时我想的全是有关这篇小说的事。我在信中说，莎莉文小姐是这样形容金黄色的秋叶的："啊，夏日流逝，用什么来安慰我的寂寞，唯有那绚丽多彩的秋叶。"坎比小姐的那篇小说正是这样描写秋叶的。

那时我养成了一种习惯，凡是喜欢的东西都汲取，随后又把它作为自己的东西拿出来，这可以从我早期的书信和习作中看出。在我一篇描写希腊和意大利古城的作文中，极尽渲染夸张之能事，所用的词句都是从过去所看的书中想起来的。我知道阿纳格诺斯先生非常喜欢古迹，对意大利和希腊抱有特殊美好的感情。因而我在看书时，便特别细心地从诗集和史书中摘录能取悦于他的片断。阿纳格诺斯先生在称赞我的这些描写古城的作文时说："饶有诗意。"我不能理解，他竟然相信一个又盲又聋的十一岁的孩子能创作出这样的作品。不过我也认为，不能因为我的作文中有别人的词句，就被看成一文不值。这毕竟说明我已经善于用明确而生动的语言来表现我对美的欣赏了。

当时我做作文，就如同是在进行智力操练。像所有年轻的新手一样我通过吸取和模仿，逐渐学会把所想到的用语言表达出来。看书时，凡是引起我兴趣的东西，都被我自觉或不自觉地记在脑子里，化为自己的东西。正如斯蒂文森所说，初学写作的人，一般都本能地模仿自己最钦羡的作品。而这种钦羡又是不断变换的。哪怕是伟大的作家，也要经过若干年这样的实践，才能对像百万大军的文字指挥若定，而这百万大军是经过了千百条羊肠小道，从四面八方汇集起来的。

也许直到现在，我仍然没有走完这一过程。说真的，我常常分辨不清哪些是我自己的思想，哪些是我从书里看来的，因为书上的东西已成为我思想的不可分割的一部分。所以,我写的东西,很像我刚学缝纫时拼凑的碎布拼块,它由各色各样七零八碎的布片拼成。布头中有鲜艳的绸缎和天鹅绒,但粗布头却占绝大部分,而且最显眼。同样,我的作文虽说反映了我的一些粗糙的不成熟的思想,但其间也夹杂着别人闪光的思想和较为成熟的看法,这些都是我从书里得来并记在心里的。依我看,写作的一个很大困难是,当自己所想到的东西,还不是很有条理,还处在感情和思想的边缘时,如何用所学到的语言把它们表达出来。写作就像是摆七巧板,我们脑子里先有了一个图样,就用语言把它描绘出来。但有时想出来的词不一定合适,即使各个词很合适,它们的总和也与原来的构思相差很远。即使这样,我还是一次不行再来第二次,因为我知道,既然别人做成功过,我也一定能成功,怎么能认输呢?

斯蒂文森说:"人如果生来就没有创作才能,那他一辈子也创作不出什么东西。"虽然我也许就是这样的人,但我还是希望有朝一日,我的拙笔能有长进,能把自己的思想和经历充分表述出来。我就是怀着这种希望和信念而坚持不懈地努力,并且战胜《霜王》事件给我带来的痛楚。

从另一方面说,这桩不愉快的事件,对我也不无好处,它迫使我认真地思考有关写作的一些问题。我唯一感到遗憾的是,它使我失掉了一位最好的朋友阿纳格诺斯先生。

我在《女性家庭杂志》上发表了《我生活的故事》以后,阿纳格诺斯先生在写给梅西先生的一封信中说,在当初发生《霜王》事件的时候,他就相信我是无辜的。他说,当时那个"法庭"是八人组成的:四个盲人,四个眼睛没毛病的人。其中四人认为我当时心里明白有人给我念过坎比小姐的那篇小说,其余的人则不然。阿纳格诺斯先生说,他当时是站在后一种人一边的。

但不管怎么说,不管阿纳格诺斯先生站在哪一方,当我走进那间屋子,发觉里面的人对我抱有怀疑态度的时候,我感到有一种敌对的气氛,有一种不祥的预感。后来发生的事果然证实了我的预感。在这以前,也正是在那间屋子里,阿纳格诺斯先生经常把我抱在膝上,放下手里的工作,陪我玩儿上一阵子。我感觉得到,在发生那件事以后的两年中,阿纳格诺斯先生一直相信我和莎莉文小姐是无辜的。后来不知是什么原因，他改变了看法。柏金斯盲人学校为什么要调查这件事，我也不大清楚，甚至连"法庭"成员的名字我也叫不出来。后来他们也不和我说话。当时我激动得顾不上去注意其他事情，只是心里感到很恐惧，一个问题也提不出来。的确，当时我几乎没有想我该说些什么以及人们对我说了些什么。

  我讲有关《霜王》的事情，是因为这件事对我早期的生活和教育影响极大。为避免误解，我尽可能如实地叙述了所有有关的事实，既不想为自己辩解，也不想埋怨任何人。

第十五章　参观世界博览会

《霜王》事件过后的夏天和冬天，我是同家里人在亚拉巴马州度过的。那一次同家人团聚的情景给我留下了美好的回忆：百花盛开，群芳吐艳，我心里充满了欢乐，《霜王》事件被忘得一干二净。

夏天慢慢过去，秋天悄悄来临。地上满是深红色和金黄色的秋叶，花园尽头的葡萄架上一串串的葡萄，在阳光的照射下渐渐变成了绛紫色。我正是在这时开始写回忆自己生活经历的文章，恰好是我写《霜王》那篇小说一年以后。

当时我对自己写的东西仍然心存疑虑，担心所写的东西不完全是自己的。除莎莉文小姐外，谁也不了解我的这种恐惧心理。我不知为什么变得那么敏感，总是竭力避免再提《霜王》。在同莎莉文小姐谈话的过程中，当我感到我说的是一种新想法时，我常常会轻声对她说："我不知道这是不是我自己的思想。"有时我写着写着，会自言自语地说："要是有人发现这是别人在很久以前写过的东西，那该怎么办啊！"一想到这儿，我的手就抖个不停，这一天什么也写不下去了。即便是现在，我有时也感到同样的焦虑和不安。那次可怕的经历在我心灵上留下了永久性的后遗症，其含意我现在才开始理解。莎莉文小姐想尽办法来安慰和帮助我。她为了使我恢复自信心，劝我为《青年之友》杂志写一篇回忆我生活经历的不太长的文章。当时我只有十二岁，写这样的文章是很吃力的。现在回想起来，我那时似乎已经预见到了将来会从这次写作中得到好处，否则我是一定写不出来的。

我谨慎小心，但却不屈不挠地写了下去。莎莉文小姐在一旁鼓励并诱导我。她知道，只要我坚持写下去，就能重新树立信心，发挥自己的才能。在没有发生《霜王》事件以前，我像其他孩子一样，过着无忧无虑的生活，但后来变得沉默了，经常思考一些看不见的东西。过了一段时间，我逐渐摆脱了那一段不愉快的经历给我投下的阴影。经过磨炼，我的头脑比以前清醒了，对生活有了更深刻的认识。

1893年，我的几件大事是，克利夫兰总统宣誓就职时，我去华盛顿旅行，后来又去游览尼亚加拉大瀑布并参观了世界博览会。这样，我的学习常常被打断，一停就是几个星期，因此要系统地说一说这一年的学习是很困难的。

我们是在1893年3月去尼亚加拉的。我站立在可以俯视尼亚加拉大瀑布的高崖上，只觉得空气颤动，大地震抖，此时此地的心情非笔墨所能形容。

许多人都感到奇怪，像我这样又盲又聋的人怎么也能领略尼亚加拉大瀑布的奇观胜景。他们总是这样问我：悦目的景色与好听的音乐对你何益？你既看不见海边波涛的汹涌澎湃，又听不见它们的怒吼呼啸，那它们对你有什么意义呢？它们意味着世间所有的一切，这可以说是再明显不过的了。正像"爱"、"宗教"和"善良"不能以斤称以斗量一样，它们的意义是无法估量的。

1893年的夏季，我和莎莉文小姐以及业历山大·格雷厄姆·贝尔博士一道，参观了世界博览会。在参观的那些日子里，我小时候的许许多多的幻想，一件一件都变成了美妙的现实，在我幼小的心灵上留下了极为美好的回忆。世界各地人民创造的各种奇迹，现在都展现在我面前，我每天似乎都是在梦境中周游世界，我用手指去摸每一样展品。它们是人类勤劳智慧的结晶。

我很喜欢去博览会的游艺场。那里到处都新奇有趣，真像是《天方夜谭》里的世界。那里有陈列着自在神和象神的奇特市场，再现了书本中的印度。那里有开罗城的模型，有金字塔和清真寺，还有列队而行的骆驼。再过去是威尼斯的环礁湖。每天晚上，当城市和喷泉映在灯光里的时候，我们都要坐上岸边的一只小船在湖中荡漾。距离这只小船不远处，还有一只海盗船，我也曾登上去过。以前在波士顿时，我曾登上一艘兵舰。不过使我感兴趣的还是这只海盗船，因为这只船上只有一个水手，他总管一切，不论是风平浪静还是狂风暴雨，他都勇往直前，百折不挠。他一面高喊着"我们是海上英雄"，一面使出浑身解数与大海搏斗，表现出无比的自信和高昂的斗志。与此形成鲜明对照的是，现在的水手则完全成了机器的附庸。"人只对人感兴趣"，这也许是人之常情吧！

离这只海盗船一箭之遥有艘"圣玛利亚号"的模型船，我也上去看了个究竟。船长领我参观了当年哥伦布住的船舱，舱里的桌子上放着一个沙漏。这个小小的计时器在我的脑海里留下了难以磨灭的印象。因为它勾起了我一连串的想象：当他的绝望的伙伴们企图反叛的时候，这位英勇无畏的航海家看着一粒粒沙子往下漏时，是否也曾感到焦躁不安呢？

世界博览会主席希金博特姆先生特别照顾我，允许我抚摸展品。我就像当年皮扎罗掠夺秘鲁的财宝那样，迫不及待而又贪得无厌地用手指去触摸世界博览会上的一件件奇珍异宝。整个世界博览会就像一个可以用手触摸到的斑斓的万花筒。每一件展品都强烈地吸引着我，特别是法国生产的那些铜像，一个个栩栩如生，我疑惑他们是天使下凡，被艺术家们捉住而还以人形。

在好望角展览厅，我知道了许多制造钻石的工艺过程。一有机会，我便用手去摸正在开动着的机器，以便清楚地了解人们是怎样称钻石的重量，怎样切削和磨光钻石的。我试着在洗出的矿石里摸，果然摸着了一块钻石。旁边的人都连声称赞，说这是在美国发现的唯一的一块真正的钻石。

贝尔博士陪着我们到各处参观，遇到特别稀奇的东西，他便兴致勃勃地给我讲述一番。在陈列电器的大厅里，我们仔细看了电话机、留声机等一些发明物。贝尔博士使我明白了金属线为什么不受空间和时间的限制，把信息传得那么快，那么遥远；为什么它能像普罗米修斯那样，为人间从天上取火。我们还参观了人类起源展览厅，引起我浓厚兴趣的是古代墨西哥的一些遗物，以及那些粗糙的石器。石器往往是某一个时代的唯一见证，是为那些还没有创造出文字的大自然的子孙（我当时这么想的，也是用手指这么比划的）竖立的丰碑，它们将永世长存，而那些为帝王将相建立的纪念碑则将化为乌有。使我感兴趣的还有埃及的木乃伊，不过我对它敬而远之，没有敢用手去碰一碰。从古代遗物上，我了解到了有关人类发展的许多知识，其中许多知识都是我以前未曾听说过，或未曾在书中看到过的。

　　这个时期的经历大大丰富了我的知识。世界博览会上度过的这三个星期，使我的求知兴趣发生了飞跃，从童话故事和玩具转到了现实世界中的真实而严肃的事物。

第十六章　驾驭拉丁语

1893年10月以前，我杂乱无章地自学各门课程，读了希腊历史、罗马历史和美国历史。我有一本法语语法书，上面的字是凸印的。我学了一些法语，常常用所学到的新词在脑子里做练习，我把这当做一种娱乐。对于语法规则或其他一些细节却不是很注意。那本语法书对一些词注了音，在没有任何人帮助的情况下，我试着去掌握法语的发音。当然，这对我来说困难是非常大的，但却使我在雨天有事可做，而且确实学会了些语法，使我能很有兴味地读拉封丹的《寓言》、《被强迫的医生》和《阿太利》中的一些段落。

我还花了很多时间来提高说话的能力。我摸着书高声朗读给莎莉文小姐听，或是背诵我最喜欢的诗。她纠正我的发音，告诉我在哪儿断句，怎样转调。直到1893年10月，我从参观世界博览会的疲劳和兴奋的心情中恢复过来，才开始在固定的时间上课，学习某些课程。

当时，我和莎莉文小姐在宾夕法尼亚州的休尔顿，正在威廉·韦德先生家做客。他家的邻居艾恩斯先生是个很有学问的拉丁语学者。他们说妥，让我跟他学习。我还记得他是位阅历很广、脾气又非常好的人。他主要教我拉丁语的语法，不过有时也教我数学。我觉得数学既麻烦又无味。艾恩斯先生还跟我一起念坦尼森的《怀念》一书。我从前也看过很多书，但从来没有用分析的眼光来看。这是我第一次学会如何了解一位作者，识别其文风，就像我平日碰到朋友一握手就知道他是谁一样。

起初，我不怎么愿意学拉丁语语法。每个词的意思不是很清楚吗，干吗还要费时间去做语法分析呢？什么名词啊、所有格啊、单数啊、阴性啊，真是烦琐死了。我想，也许我该用生物学的分类法来了解我养的那只猫吧，目：脊椎动物；部：四足动物；纲：哺乳动物；种：猫。具体到我那只，名叫塔比。不过，随着学习的深入，我的兴趣越来越浓，拉丁语的优美使我陶醉了。我常常念拉丁文的文章来做消遣，根据我所认识的词去理解文章的意思，一直到现在我也没有放弃这种消遣。

我认为世界上最美的东西，就是从刚刚学会的文字中看到若隐若现的形象和感情——浮想联翩的脑海里闪现出的思想。我上课时，莎莉文小姐总是坐在旁边，把艾恩斯先生说的话，用手指在我手上拼出来，并帮我查生字。当我返回亚拉巴马州的时候，我正开始读恺撒的《高卢战纪》。

第十七章　在赖特—赫马森聋人学校

　　1894年夏天,我出席了"美国聋人语言教学促进会"在肖托夸召开的第一次会议。会上,我被安排到纽约城的赖特—赫马森聋人学校上学。1894年10月,莎莉文小姐陪着我到达那里。这所学校是为提高我说话的能力和唇读的能力而特别挑选的。除这两项内容外,我在这所学校的两年中,还学了数学、自然、地理、法语和德语。

　　我的德语老师瑞米小姐会用手语字母,所以我稍稍学了一点儿德语。一有机会,我们便用德语交谈,没过几个月,她说什么我就几乎全明白了。德语学了不到一年,我便以极大的兴趣读了《威廉·泰尔》这部小说。的确,我在德语方面的进步比其他方面的进步都要大。我感到法语要比德语难得多。教我法语的是奥利维埃夫人,这位法国妇女不懂手语字母,因而不得不进行口授。而我要弄清她嘴唇的动作,可不是那么容易的事,结果同德语比较,我的法语进步很慢。不过,我还是把《被强迫的医生》读了两遍。这本书虽然很有意思,但还比不上《威廉·泰尔》。

在唇读和说话能力方面，我的进步不像我和老师以前想象得那么大。上学前，我想我将能够像其他人一样说话，而且老师也相信我能够达到这一目标。但是，尽管我努力学习，一点儿也不偷懒，却没有完全达到预期的效果。也许我们的目标定得太高了，所以免不了要失望。我仍然把数学看得像陷阱一样可怕，总是喜欢"推测"而不去推理。这就给我自己和教我的老师带来了无穷无尽的麻烦。我不仅时常胡乱推测，而且还武断地乱下结论。因此，愚笨之外再加学习不得法，我学数学的困难就更大了。

我有时为此感到灰心丧气，但我学习其他功课，尤其是自然、地理却劲头十足。揭开自然界的奥秘是一大乐事。用《圣经·旧约全书》形象而生动的语言来说，自然、地理告诉了我，风是怎样从天的四角吹来的，水蒸气是怎样从大地的尽头升起的，河流是如何穿过岩石奔流的，山岳是如何形成的，以及人类怎样才能战胜比自己强大的大自然的力量。我在纽约度过的两年是很快活的，那两年的生活给我留下了非常美好的回忆。

我还特别记得，我们每天都要一起到中央公园去散步。在纽约城里这座公园是我唯一喜欢的地方。这座大公园无论什么时候都不会失去它对我的魅力。每次跨进公园大门，我都希望有人给我描述它的景色。公园内到处都是美丽的景色，我在纽约的九个月中，每次去那里，它都以不同的姿色迎接游人。

这年春天，我还游览了许多风景名胜。我们泛舟赫德森河上，然后弃舟，登上绿草如茵的河岸，这里曾是布赖恩特吟咏的地方。我喜欢它那纯朴而又宏伟的峭壁。我们还游览了西点和塔里敦等一些地方。塔里敦是华盛顿·欧文的故乡，我们曾在那里的"睡谷"穿行而过。

赖特—赫马森聋人学校的老师们想尽种种办法让我能享受到普通孩子们所享有的各种学习机会，即使是我们之中很小的同学，也充分发挥他们被动记忆能力强等特点，以克服先天性缺陷所造成的限制。

在我快要离开纽约的那些快活的日子里，凄惨的黑云突然笼罩天空——我陷入极大的悲戚之中，这悲戚仅次于当年我父亲的逝世。波士顿的约翰·

P·斯伯尔丁先生于1896年2月不幸逝世。只有那些最了解和最喜爱他的人，才懂得他对我的友谊是何等的既博又深。他是这样一种人——帮助了你，又不使你感到过意不去。对莎莉文小姐和我，他尤其如此。只要一想起他对我们的慈爱和对我们的困难重重的学习所给予的关切，我们就信心百倍。他的逝世给我们的生活所造成的真空，是永远填补不了的。

第十八章　在剑桥女子学校

1896年10月我到剑桥女子学校上学，为进入拉德克利夫学院做好准备。

我在童年时曾去参观过韦尔斯利女子大学。我对大家说："将来我是要进大学的——但我要进哈佛大学。"朋友们都很吃惊，问我为何不愿意进韦尔斯利女子大学。我回答说，因为这里只有女学生。我想进大学的思想是根深蒂固的，后来发展成一种要认真努力实现的愿望。我不顾许多真诚而又聪明的朋友们的反对，凭着这种愿望，投入了同那些既能看又能听的女同学们争夺学位的竞争。当我离开纽约的时候，这种想法就成了一种既定的目标，我下定决心要去剑桥女子学校。这是进入哈佛大学，实现我童年时的宣言的一条捷径。

在剑桥女子学校时，莎莉文小姐跟我同堂上课，把教师的讲授内容用手指翻译给我听。

在该校讲课的老师当然没有教聋孩子的经验。我听她们讲课的唯一的办法是摸她们的嘴唇。我一年级的课程有英国史、英国文学、德语、拉丁语、数学、拉丁文作文和其他科目。在此之前，我从未为进大学而专门学习某种课程，但我的英语在莎莉文小姐的精心辅导下进步很大。不久教师们就认为，除了大学临时指定的几本书外，这项课程就不需要专门上课了。我曾在法语学习上打下了一些基础，学习过六个月的拉丁语，而学习时间最长的还是德语。

尽管我有这些有利因素，但也有一些妨碍进步的不利条件。莎莉文小姐不可能把我需要读的书都在我手上拼写出来。尽管伦敦和费城的朋友抓紧为我把课本赶制成凸印本，但总是很难及时供我使用。我暂时只能把拉丁文用盲文抄下来，以备同女学生们一起朗读。教师们很快就听懂了我那不完整的语言，能讲解我提出的问题并纠正我的错误。我在课堂上记不了笔记，也不能做练习，但我可以在课后用打字机写作文和做翻译。

莎莉文小姐每天和我一起上课，以极大的耐心，把老师所讲的拼写到我的手上。在预习时，她帮我从字典上查出生字；有一些注解以及要读的书，没有凸印本的，她都一遍又一遍地读给我"听"。这些事情的单调和枯燥是难以想象的。学校里只有德语老师和校长吉尔曼是学着用手指语给我讲课。

我最清楚德语老师的手指语拼写是如何地慢和不够使用。尽管如此，她出于好心，很费劲儿地一星期专门为我讲两次课，好让莎莉文小姐有机会得到一点儿休息。虽然大家都想帮助我，但只有莎莉文小姐一个人是不以这样单调枯燥的工作为苦，反而以之为乐的。

这一年，我学完数学，复习了拉丁语语法，读了恺撒的《高卢战纪》中的三章。我借助莎莉文小姐的帮助，读了一些德文原著，如席勒的《钟之歌》和《潜水者》，海涅的《哈尔茨山游记》，弗雷格的《腓特烈大帝统治时代散记》，里尔的《美的诅咒》，莱辛的《米娜·封·彭尔姆》以及歌德的《我的一生》。这些德文书给我以极大的愉快，特别是席勒写的那些绝妙的抒情诗，腓特烈大帝的丰功伟绩的历史，以及歌德生平的记述，使我经久不忘。我读完《哈尔茨山游记》还想再读，它不但充满了令人喜爱的诙谐，而且引人入胜地描写了那盖满了蔓藤的山冈，在阳光下汩汩奔流的小溪，那些富有传奇色彩的野蛮地区，还有神话中的那些灰姑娘——只有把自己的情爱嗜好完全融合在大自然中的人，才能写出如此生动的篇章。

这一年有一部分时间，吉尔曼先生教我英国文学。我们一起读《只要你愿意》，伯克的《关于同美国和解的演说》以及麦考利的《塞缪尔·约翰逊传》。吉尔曼先生有渊博的文史知识，而且讲解起来传神入画，这就使我的学习变得很有兴味。这是机械地读注解以及在课堂上听简单的讲课所不可同日而语的。

在我所读过的政治著作中，伯克的演说是最启发人的。我的心随着那动荡的年代而动荡，两个敌对国家的许多重要人物都展现在我的眼前。伯克的雄辩，像大河的巨浪滔滔不绝。伯克预言如果坚持敌对，胜利的将是美国，英国只能得到屈辱的下场。我真不能理解，英国的乔治皇帝和他的大臣们，为何对伯克的预言竟然充耳不闻。这位伟大的政治家不但在党内处于孤立的地位，而且在人民代表中也不受欢迎，这更使我叹息不已。如此宝贵的真理和智慧的种子，竟然播在了无知与腐朽的草堆里，使人异常惋惜。

麦考利的《塞缪尔·约翰逊传》读起来也是很

有兴味的，但是情趣不同。这个孤独的人在克鲁勃大街上受着苦难，然而当他在身体和精神两方面都惨遭折磨的时候，却能对那些卑微的劳苦之人给予慰藉，伸出援助的手臂。他的一切成功都使我兴高采烈，而遇到过失则避开不看。我惊异的不是他有这些过失，而是这些过失竟然未能使他的精神蒙受损失。麦考利才华出众，他的如椽之笔能化腐朽为神奇，确实令人钦佩，然而他的自负有时却令我厌烦。还有他那迁就实用而牺牲真理的做法，我也是抱怀疑态度的。这同我聆听英国的德摩斯梯尼（古希腊的演说家）的演说时的崇敬态度是迥然不同的。

　　同那些与我年龄相仿能听又能看的姑娘们生活在一起的情趣，是我在剑桥女子学校才有生第一次领略到的。我同几个同学住在与学校相连的一所房子里，豪厄尔斯先生曾在这里住过。我们住在这里，好像住在家里一样。我同她们一起做游戏，甚至捉迷藏和打雪仗。我们长时间地一起散步，讨论学习中的问题，高声朗读大家感兴趣的文章。有的姑娘学会同我交谈，已经不需要莎莉文小姐从中翻译了。

　　在圣诞节的那些日子里，母亲和妹妹来同我一起过节。吉尔曼先生照顾我们，让米尔德里德也在学校里学习。这样，她就在剑桥和我一起住了六个月。我们愉快地厮守在一起，几乎寸步不离。一回忆起我们共同学习、尽情嬉戏的这段生活，我就不禁为之神往。

1897年6月29日到7月3日，我参加了拉德克利夫学院的入学考试初试。考试的科目有初级德语、高级德语、法语、拉丁语、英语、希腊史和罗马史。考试时间共九个小时。我门门及格，德语和英语得"优"。

也许应该说明一下当时的考试办法。学生应该总共得十六分——初级考试十二分，高级考试四分。每次至少要得到十五分。试卷于早晨九点钟由专人从哈佛大学送出，送到拉德克利夫学院。试卷上不写名字，只写号码。我的号码是233号。但由于我用打字答卷，因此我的试卷不是秘密的。为了避免打字机的声音吵扰别人，我独自一人在一个房间里考试。吉尔曼先生把试题用手指语字母读给我听。门口有人守着，以防人们闯进来。

第一天考试德语。吉尔曼先生坐在我身边，先把试卷通读一遍，我又一句一句地复述一遍，然后一句一句地读，以确保我所听到的正确无误。考题相当难，我用打字机答题，心里十分紧张。吉尔曼先生把我打出的解答读给我听。我告诉他需要改的地方，由他改上去。这样的方便条件，在我以后的考试中再也没有了。进了拉德克利夫学院以后，在考试时，我写完答案就没有人读给我听了。除非时间还允许，否则我就没有机会加以改正。即使有时间，也只是根据我的记忆把要改正的内容统统写在卷子的末尾。如果我初试的成绩比复试好的话，那有两个原因：一是复试时无人把我打出的答案读给我听；二是初试的科目有些是我进入剑桥女子学校以前就有了一些基础的，因为在这年年初我就已通过了英语、历史、法语和德语的考试，试题是吉尔曼先生拿来的哈佛大学的旧考题。

吉尔曼先生把我的答卷交给监考人，并写了一个证明，说明是我（233号考生）的答卷。

其他几门科目的考试，情况相仿，但都没有德语那样难。我记得那天拉丁文卷子交给我时，希林教授走来对我说，我的德语考试已获通过，并且成绩很好。这使我信心倍增，轻松愉快而又得心应手地完成了这次重要的考试。

第十九章　备考拉德克利夫学院

当我进入剑桥女子学校的二年级时，内心充满了希望。但是，最初的几个星期却遇到了预想不到的困难。吉尔曼先生同意我这一年主要是学习数学课程。这一年的课程还有物理、代数、几何、天文、希腊语和拉丁语。但不幸的是，在课程开始时，我所需要的许多书籍都未能及时得到凸印版本，同时缺乏某些课程所必需的重要的学习器具。我所在的这个班学生人数很多，老师也不能专门为我讲课。莎莉文小姐不得不为我拼读所有的书籍并翻译老师的讲解。她这双灵巧的手已经胜任不了所担负的任务，这是十一年来所未有的。

代数、几何和物理的计算题按规定必须在课堂上做，这些都是我无法做到的。后来买到了一架凸写器，这才有了可能。借助这架机器我可以"写"下解答习题的每一个步骤。黑板上的几何图形，我的眼睛是看不见的。我弄懂几何图形概念的唯一办法，是用直的和弯的铁丝在椅垫上做成几何图形。至于图中的字母、符号，以及假设、证明和结论的各个步骤，则完全靠脑子记忆。基思先生的报告也指出了这一点。总之，学习中处处有困难。这时我灰心丧气到了极点，而且还把这种情绪流露出来。至今思念及此，我就惭愧万分，特别是回忆起为此而向莎莉文小姐发脾气时，心里格外羞愧。因为她不但是我的好朋友，而且是为我披荆斩棘的人。

后来，这些困难都逐渐解决。凸印本书籍和其他学习器具都来了。我又振作起精神，投入到学习中。代数和几何是我花了很大气力仍然很难弄懂的两门课程。前面已经说过，我对数学没有兴趣，加之许多难点又没有给我讲解清楚。几何图形特别使我头疼，因为虽然在椅垫上拼了许多图形，但我依然弄不清楚各部分的相互关系。这种情况直到基思先生来教我数学，才有了突破。

当这些困难刚刚得到克服，又发生了一件意外的事情，使一切都发生了大变化。

在我的书快要来到的时候，吉尔曼先生向莎莉文小姐提出，我的课程太重了，并且不顾我严肃的抗议，减少了我的课时。起初的安排是，我为考大学而进行准备所需的时间，如果必需，可长达五年。但是在第一年末，我考试成绩很好，从而莎莉文小姐、哈博女士（学校的教务长）以及另一位老师相信，我再学两年就可以完成考试的准备。吉尔曼先生起初也赞同这个意见，但后来看到我的功课难起来，就又坚持我应该再读三年。我不喜欢他的这个计划，因为我希望能同班上的同学一道进入大学。

11月17日这一天我有些不舒服，没有去上课。莎莉文小姐知道我的病情并不严重，可是吉尔曼先生却认为，我的身体被功课压垮了，便重新安排了我的学习日程。这样就使我不能跟着班上的同学一起大考。由于吉尔曼先生和莎莉文小姐的意见分歧，最后我的母亲决定让我同妹妹米尔德里德一同离开剑桥女子学校。

经过一段周折之后，母亲安排好请剑桥女子学校的基思先生担任我的家庭教师，指导我继续学习。我和莎莉文小姐在伦瑟姆的一个朋友钱布林斯的家里过完了这一年的冬天。伦瑟姆离波士顿约二十五英里远。

1898年2月至7月期间，基思先生每星期去伦瑟姆两次，教我代数、几何、希腊语和拉丁语。莎莉文小姐担任翻译。

1898年10月，我们回到波士顿。其后的八个月，基思先生每周教我五次，每次一小时。每次先讲解我上次课中不明白的地方，然后指定新的作业。他把我一周中用打字机做出的希腊语练习带回去仔细修改，然后再退还给我。

我为大学入学考试所进行的准备，就这样一直进行着。我发现，单独听课比在班级里听讲不但好懂而且轻松愉快，不需要跟在后面赶，也不会手忙脚乱。家庭教师有充裕的时间讲解我不明白之处，因此较之在学校学得更快更好。在数学方面，我的困难仍然比其他课程要多。代数和几何哪怕有语言和文学课一样容易也好！但即使是数学，基思先生也教得使人感兴趣，他把问题和困难减少到最低限度，使我能够完全理解。他使我思路敏捷，推理严密，能冷静而合乎逻辑地寻求结论，而不是不着边际地瞎想。尽管我笨得连约伯（《圣经》中的人物）也不能容忍，他却总是那样温和并富有耐心。

1899年6月29日、30日两天，我参加拉德克利夫学院的入学考试的终试。第一天考初级希腊语和高级拉丁语，第二天考几何、代数和高级希腊语。

学院当局不允许莎莉文小姐为我读试卷。柏金斯盲人学校教师尤金·C·维宁先生受雇来为我把试卷译成美国式盲文。维宁先生同我不相识，除了使用盲文外，我们无法交谈。

盲文可以用于各种文字，但要用于几何和代数是有困难的。我被搞得精疲力竭、灰心丧气，浪费了许多宝贵的时间，特别是在代数上花的时间很多。我确实很熟悉美国一般通用的三种盲文：英国式、美国式和纽约式。但几何和代数里的各种符号在这三种盲文里是迥然不同的。而我在代数中使用的只是英国式盲文。

考试的前两天，维宁先生把哈佛大学旧的代数试题的盲文本送给我，但用的是美国式的盲文。我急了，就给维宁先生写信，请他把上面的符号加以说明。他寄来一份符号表和一份试卷。我就着手学习这些符号。在考代数的前一天夜里，我忙于运算一些复杂的习题，对于那些括号、大括号和方根的联合使用老是分辨不清。基思先生和我都有些泄气，为第二天的考试担心。考试时，我们提前到校，请维宁先生仔仔细细地把美国式盲文的符号给我们讲了一遍。

几何考试的最大困难，是我习惯于让别人把命题拼写在我的手上。不知怎么的，尽管命题是正确的，但在盲文上看起来却很乱，我心里吃不准。到代数考试时，困难就更大了，刚刚学过的数学符号，自以为是懂了，到考试时却又糊涂了。而且，我看不见我用打字机打出的文字。我原来都是用盲文来演算，或是用心算。基思先生过于着重训练我心算的能力，而没有训练我如何写考卷，因而我的解答做得非常慢，考试题目我要一遍又一遍地读才能弄清楚我应该如何去做。说实在的，我现在也没有把握，当时我是否都读对了所有的符号。要细心地把一切都弄对，确实太困难了。但是我不责备任何人。拉德克利夫学院的执事先生不会意识到我的考题是多么难，他们也不能了解我要克服的特殊困难。不过，如果他们是无意地为我设置了许多障碍的话，我可以自慰的是我终于把它们全都克服了。

第二十章 大学时代

经过许多艰难困苦，我的入学考试总算结束了。现在我随时可以进入拉德克利夫学院。人们建议我入学之前最好再由基思先生辅导一年。因此，我进大学的梦想是到1900年才实现的。

我进拉德克利夫学院第一天的情景至今记忆犹新。这一天对我意义重大，好多年来我盼望的就是这一天。我心中有一股潜在的力量，迫使我不顾朋友们的劝说，去同那些能看能听的人较量短长。我知道征途上有障碍，但我决心要征服障碍。我牢记那聪明的罗马人的话："到什么山砍什么柴。"我不就是走不了寻求知识的康庄大道，而被迫去走那荒无人迹的崎岖小路吗？我也知道，在大学里，我将有充分的机会同那些像我一样思考、爱憎和奋斗的姑娘们携手前进。

我热切地开始了大学的学习。在我的面前展现出一个美丽而光明的新世界。我自信有掌握一切知识的能力。在心灵的奇境里，我应该像别人一样的自由。心灵世界里的人物、背景，其喜怒哀乐应该是真实世界生动具体的反映。在我看来，大学的讲堂里充溢着先贤先哲的精神和思想，教授则是智慧的化身。

但不久我就发现，大学并不是我所想象的浪漫主义的学府。我年幼无知时的许多梦想渐渐不那么美丽动人了，并且"在白天的阳光里消失殆尽"。我逐渐地发现上大学也有其不利之处。

直到现在，我感触最深的仍然是时间的紧张。过去我有从容不迫的时间来沉思，来反省我自己。我常常独自静坐，聆听我心灵深处的美妙乐音。这乐音只有在安闲之中才能听到。这时候，我心爱的诗人吟诵出的诗句拨动了我那久久平静的心弦。但是在大学里没有时间来独自深思，似乎进大学不是为了思考而是为了学习。一个人进了学府的大门，就把最可宝贵的乐趣——孤独、游玩和想象——连同那窃窃私语的松树一起弃之门外。也许我应该这样来安慰自己：现在的忙碌是为了将来的享受。但我是个无长远打算的人，宁要眼前的快乐而不愿未雨绸缪。

大学第一年的课程有法语、德语、历史、英文作文和英国文学。法文原著我读了高乃依、莫里哀、拉辛、阿尔弗、雷德·德米塞和圣·贝夫的一些作品，德文原著读了歌德和席勒的作品。我很快地把从罗马帝国的灭亡到18世纪的历史复习了一遍。在英国文学方面，用批判的眼光研究了弥尔顿的诗歌和他的《阿罗派第卡》（弥尔顿鼓吹资产阶级出版自由的演讲集）。

时常有人问我是如何克服在大学里遇到的种种具体困难的。在教室里，当然我几乎是孤独的。教授与我是那么遥远，他似乎是在电话里讲话。老师讲课的内容被尽可能快地拼写在我的手上。在这样的匆忙之中，讲课人的个性特点丧失殆尽。对于那些急速地拼写到我手上的字，我就好像追逐野兔的猎犬，常常是追不上的。在这方面，那些记笔记的女生并不比我好多少。一个人忙于机械地一边听，一边急匆匆地记在纸上，是不可能把多少心思用去考虑讲课的主题或解决问题的方式方法的。我在听讲时是不可能记笔记的，因为我的手正忙于听讲。我常常回到家里以后，把脑子里记得的，赶快记下来。习题、每天的短篇作文、评论、小测验、半年考试及年终考试等，我都是用打字机做的，因而教授们可以很容易地看出我懂得的是如何少。当我着手学习拉丁文诗韵时，我设计了一套能说明诗的格律和音韵的符号，并详细解释给老师听。

我使用的打字机是汉蒙德牌的。我试用过好几种打字机，发现汉蒙德牌最能适应我的特殊需要。这种打字机可以使用活动字模架。字模架可以有几个，希腊文的、法文的或数学符号的，随需要而定。如果没有这种打字机，我能在大学里学习几乎是不可能的。

我所需要的各种教材很少有盲文版本的，我不得不由别人把书的内容拼写在我手上，因此我预习功课的时间要比别的同学多得多。这种手工活动费时很多，是正常人所没有的困难。有时，一点儿小事要付出很大的心血，就不免急躁起来。一想到我要花费好几个小时来读几个章节的书，而别的同学都在外面嬉笑、唱歌、跳舞，我更是觉得不能忍受。但是不多一会儿我就又振作起精神，把这些愤懑不平一笑置之。因为一个人要得到真才实学，就要独自攀登那奇山险峰。既然没有一条到达顶峰的平坦大道，我就得走自己的迂回曲折的小路。我滑落过好几次，跌倒，爬不上去，撞着意想不到的障碍就发脾气，接着又制服自己的脾气，然后又向上跋涉。啊！登上了一步，我欢欣鼓舞；再登上一步，我看见了广阔的世界。每次的斗争都是一次胜利。再加一把劲儿，我就能到达璀璨的云端、蓝天的深处——我希望的顶峰。在斗争中，我并不总是孤立无援的。威廉·韦德和宾夕法尼亚盲人教育研究所所长E·E·艾伦先生为我弄到了许多我所需要的凸印书。他们的这种体贴照顾所给予我的帮助和鼓励，是他们意想不到的。

去年是我在拉德克利夫学院学习的第二年，课程有英文作文、英国文学、《圣经》、美洲和欧洲各国政治、古罗马诗人霍勒斯的抒情诗和拉丁喜剧。作文课教得生动活泼，是我最喜欢的课程。各种课程的内容总是那样活泼、诙谐、有趣。我最钦佩查尔斯·汤森·斯普兰讲师，他能把文学作品的气势和风韵完全表述出来，而他却不添加一点点多余的解释。在短短的一小时中，他使你陶醉到古代文学大师所创造的永恒的美当中去，使你沉迷于这些大师的高尚情操。他使你全身心地领略《圣经·旧约全书》的庄严的美而忘了上帝的存在。当你走出教室回家时，你会感到你已"窥见精神和外形永恒和谐地结合，真和美在时间的古老枝干上长出了新芽"。

今年是我最高兴的一年,因为我学的课程都是特别有兴趣的:经济学、伊丽莎白时代文学、乔治·L·基特里奇教授开的莎士比亚、乔赛亚·罗伊斯教授开的哲学史。远古时代的思想以及其他思想模式原来被认为是无理性的异己思想,学习了哲学以后便由了解而产生了同情。

但是大学并不是我想象的那个万能的文化古都雅典。在这里,我并不能同古代的思想家和学问家真正见面,甚至体会不到他们学问的风格特点。确实,他们是在那里,但是似乎已经僵化,需要从学府的颓垣里挖掘出来,加以解剖和分析,然后才能肯定他们是弥尔顿(英国著名诗人),或者是以赛亚(基督教《圣经》中的人物,希伯来的大预言家),而不是个伪装得很巧妙的冒牌假货。似乎许多学者都忘记了要领略那些伟大的文学作品,深刻的同情比理性的了解更为重要。麻烦的是费了很大功夫的讲解,并没有能在学生的头脑中留下多少印象。这种讲解很快从我们心上掉落,犹如成熟了的果实从枝头坠落一般。即使我们了解了一朵花,了解了它的根和枝,以至它的整个生长过程等等,而我们仍然不会欣赏一朵带着露水的鲜花。我常常不耐烦地问自己："何苦为这些说明和假设操心呢？"这些说明和假设在我的脑海里飞来飞去，好像一群没有眼睛的鸟儿，无效果地扇动它们的双翼。我的意思并不是反对要对名著作透彻地理解，只是反对那些使人迷惑的无休止的评论和批评，因为它们的效果只能是给人一种印象：世界上有多少人就有多少观点。但是像基特里奇教授这样的大师讲授伟大诗人莎士比亚的作品时，则简直使人"顿开茅塞"。

　　有时候我真想把我准备学习的课程扔掉一半，因为负担太重的脑子是无法消化那些费了很大的代价才得到的珍宝。一天之内读四五种内容迥然不同、又是用不同文字写成的书，就难免无目的地为读书而读书了。为了应付考试和测验而精神紧张匆匆忙忙地读书，就会在脑子里堆满各种杂乱的小玩意儿，一点儿用处也没有。目前，我脑子里就塞满了杂七杂八的东西，简直无法把它们整理出个头绪来。每当我进入我心灵的王国的时候，我就好像是闯进了瓷器店里的公牛，各种知识的碎片犹如冰雹一样朝我头上打来。当我设法躲过它们时，各种论文的鬼怪和大学的精灵就紧紧追赶上来。对这些特地前来膜拜的偶像,我现在真想把它们打个粉碎。

大学生活中,我最怕的鬼怪要算各种考试了,虽然我已同它们较量过好几次,把它们打翻在地,但它们又爬了起来,张着一副恶狠狠的面孔朝我扑来,吓得我灵魂出窍。考试的前几天我拼命地往脑子里塞各种神秘的公式和无法消化的年代资料——犹如强行咽下那些无法入口的食物,真使人希望同书本和科学一起葬身海底,一死了事。

这可怕的时刻终于来到了。如果你看了试卷以后,觉得有恃无恐,并能把你需要的东西呼之即出,那你就是个幸运儿了。但现实常常是,你的军号吹得多么响也无人听见,记忆和精确的分辨能力在你最需要它们的时候,偏偏张开翅膀飞得不知去向,真是急死人了,你千辛万苦装到脑子里的东西,在这紧要关头却怎么也想不起来。

"略述赫斯及其事迹。"赫斯?谁是赫斯?他干了些什么?这名字看起来极为熟悉,你搜索枯肠就像要在一个碎布包里找出一小块绸子来。这个问题肯定曾经背诵过,似乎就近在眼前,而且那天当你回想宗教改革的发端时,还曾碰到过它,但现在它却远在天边。你把脑子里记的东西都翻了出来——

历次革命、教会的分裂、大屠杀、各种政治制度等等。但是赫斯又到哪里去了？使你奇怪的是，你记得的东西，考卷的题目上一个也没有。你气急败坏地把脑子里百宝箱中的东西全都倒了出来。啊！在那角落里有一个，你踏破铁鞋无觅处的人，他却在那里独自沉思，一点儿也没有理会到他给你造成了多大的灾难。

就在这时，监考人走过来通知你时间到了。你以厌恶的心情把一堆垃圾一脚踢到角落里去，然后回家。脑子里不禁浮起一个革命的想法：教授们不征求同意就提问的这种神圣权利应该废除。

在本章的这最后的两三页，我使用了一些形象化的比喻，可能引起人们的笑话。那闯进瓷器店里受到冰雹袭击的公牛，还有那一副恶狠狠面孔的鬼怪都似乎不伦不类，如今它们都在嘲笑我。我所使用的言词确切地描绘了我的心境，因此我对这些嘲笑不屑一顾。我郑重说明，我对大学的看法已经改变。

在我进拉德克利夫学院以前，我把大学生活看得十分浪漫，如今这浪漫主义的光环已经消失。但是在这从浪漫主义向现实的过渡中，我学到了许多东西。如果没有这段实践，我是根本不会懂得的。我所学到的宝贵经验之一就是耐心。我们接受教育，要像在农村散步一样，从容不迫，悠闲自得，胸怀宽广，兼收并蓄。这样得来的知识就好像无声的潮水，把各种深刻的思想毫无形迹地冲到了我们的心田里。"知识就是力量"，我们应该说知识就是幸福，因为有了知识——广博而精深的知识——就可以分辨真伪、区别高低；掌握了标志着人类进步的各种思想和业绩，就是摸到了有史以来人类活动的脉搏。如果一个人不能从这种脉搏中体会到人类崇高的愿望，那他就是不懂得人类生命的音乐。

第二十一章 嗜书如命

以上我已对我的生平作了一个简略的叙述。但我还没有告诉大家我是如何嗜书如命的。书籍给我以乐趣和智慧。不仅如此，人家通过视听得来的知识，我则是全靠书籍。在我所受的教育中，书籍发挥了极大的作用，这是别人所不可比拟的。因此，我要从我开始读书时说起。

1887年5月我七岁的时候，第一次读一篇完整的短篇小说。从那一天到现在，我如饥似渴地吞食我的手指所接触到的一切印刷品。我已说过，在我初受教育时我的学习是不正规的，读书都缺乏计划。起初我只有几本凸印书，一套启蒙读本，一套儿童故事和一本叙述地球的书《我们的世界》。我的全部书库仅此而已。但是我读了一遍又一遍，直到书上的字都磨损得无法辨认。有时，莎莉文小姐读给我"听"，把她认为我能懂得的小说和诗歌拼写在我手上。但我宁愿自己读，而不愿人家读给我"听"，因为我喜爱一遍又一遍地读我觉得有兴味的作品。

当我第一次去波士顿时，我才真正开始了认真地读书。我被允许每天花一些时间到图书馆看书，在书架前走来走去，随便取阅图书。尽管十个字里认不了两个，但我确实是在看书。文字本身使我入了迷，但我没有有意识地把读过的东西都记到心里。然而在那段时期我的记忆力很好，许多字句虽然我一点儿也不明白其涵义，但都记在了脑子里。后来当我开始了说和写的时候，这些字句很自然地冒了出来，朋友们都很惊奇我的词汇竟如此丰富。我不求甚解地读过很多书的片断（那段时期我从未从头到尾读完一本书）以及大量的诗歌。直到发现《小老爷福迪勒罗依》这本书，我才算第一次把一本有价值的书读懂读完。

一天，老师发现我在图书馆的一个角落里翻阅小说《红字》。那时我大约才八岁。我记得她问我喜不喜欢书中的皮尔，还给我讲解了几个我不明白的字，然后说她有一本描写一个小男孩儿的小说，非常精彩，我读了一定会觉得比《红字》更有意思。这本小说的名字叫《小老爷福迪勒罗依》。她答应到夏天时读给我听。但我们直到八月才开始读这本书。我们刚到海边时的几个星期，许多新奇有趣的事情使我忘了这本小说。后来又有一段时间，老师离开我去波士顿看望朋友。

她返回后，我们做的第一件事就是读《小老爷福迪勒罗依》。我清楚地记得我们是何时何地开始读这本使人入迷的儿童故事的。那是八月里一个炎热的下午，我们同坐在屋外不远处两棵墨绿色松树之间的吊床上。我们吃了午餐就赶忙把盘碗洗完，为的是尽可能利用整个的下午来读这部小说。当我们穿过草地时，许多蚱蜢跳到衣角上，我记得老师一定要把这些小虫子从衣裳上弄干净再坐下来，而我认为是一种不必要的浪费时间。吊床上落满了一层松针，老师不在时，这吊床就无人使用。松树在灼热的太阳照射下蒸发出一阵阵的清香。空气十分清新，混杂着一点儿海的腥味儿。读小说之前，莎莉文小姐先给我讲了一些有关的情况，在读的过程中还讲解生字。起初我不懂的字很多，常常读一点儿就得停下来。但当我知道了故事情节后，就急于想跟上故事的发展而顾不上去注意那些单词。莎莉文小姐所做的解释，我也听得很不耐烦。后来莎莉文小姐因不断地拼写，手指酸得不得不停下来，我就急得忍受不了，把书拿来用手去摸上面的字。这样急切的心情,我永远也忘记不了。

后来阿纳格诺斯先生经过我恳切的要求,把这部小说制成了凸版。我读了一遍又一遍,直到几乎把它记熟。《小老爷福迪勒罗依》成了我童年时代的亲密伙伴。我这样不嫌这些细节,是因为在这以前,我的读书都是随随便便的,全神贯注地读一本书,这是第一次。

《小老爷福迪勒罗依》是我真正对书发生兴趣的开始,在以后的两年里,我在家中和在波士顿读了很多书。我记不起都是些什么书,也想不起哪本先读,哪本后读,能想起来的有《希腊英雄》,拉封丹的《寓言》,霍索恩的《神奇的书》和《圣经故事》,兰姆的《莎氏乐府本事》,狄更斯的《儿童本英国历史》,还有《天方夜谭》、《瑞士家庭鲁滨逊》、《天路历程》、《鲁滨逊漂流记》、《小妇人》和《海蒂》(这篇精彩的小说,我后来又读过德文本)。我在学习和游戏之余的时间里读这些书,越读越有兴味。我并不对这些书做什么研究分析——究竟写得好坏,我是不管的,文体和作者的情况也从不过问。这些作家把他们的珍宝放在我面前,就像领受太阳光和友爱一样,我接受了这些珍宝。我喜欢

《小妇人》，因为它使我感到那些不盲不聋的健康孩子同我有一样的思想感情。由于我的生活在各方面都有很大的局限，因此我不得不从一本一本的书里去探寻外部世界的信息。

我不怎么喜欢《天路历程》，没有把它读完，也不喜欢《寓言》。最初读拉封丹的《寓言》用的是英文译本，我并不十分喜欢。后来我读了法文的原文本，虽然描写生动，文字精练，仍然引不起我的好感。我说不出什么道理，但总觉得让动物说人话、做人事，读起来不是滋味。动物的拟人化，看了很不舒服，当然就无心去领会其中的寓意。

而且，拉封丹的作品并不能激发我们高尚的情操。他认为人类最重要的是自爱和理性。他的寓言贯穿着一个思想，就是人类的道德完全来源于自爱，如果由理性来驾驭和控制自爱，就产生幸福。而我的认识是：自爱乃万恶之源。当然，我可能是错了，因为拉封丹观察人类的机会比我多得多。我并不反对讽刺性的寓言，只是不赞成由猴子和狼来宣传伟大的真理。然而我喜欢《丛林》和《我所了解的野生动物》这两本书。我真正感兴趣的是动物本身，因为它们是真正的动物而不是拟人化的动物。我爱它们之所爱，恨它们之所恨。它们的滑稽逗趣引得我笑不可支，其悲惨遭遇有时也使我一掬同情之泪。如果其中有所寓意的话，也极为含蓄，你都意识不到。

我天性好古。古希腊对我有一种神秘的诱惑力。在我的想象中，希腊的男女天神依然在地上行走，同人类当面交谈。在我思想深处的神殿里，仍然供奉着我最敬爱的神灵。希腊神话中的仙女、英雄和半神半人，我不但熟悉而且喜爱——不，不完全如此，美狄亚（希腊神话中科尔喀斯国王之女，以巫术著称，曾帮助伊阿松取得金羊毛）和伊阿宋（希腊神话中忒萨利亚王子，曾率领亚尔古英雄到海外觅取金羊毛）太残忍、太贪婪，简直无法容忍。我真不明白，为什么上帝让他们干了那么多坏事，然后再惩罚他们，直到如今我仍然疑惑不解。

　　妖魔嬉笑着爬出殿堂，

　　上帝却视而不见，无动于衷。

读了《伊利亚特》史诗，我把古希腊看成了天堂。我在读特洛伊故事的原文以前，就知道了这个故事。我学习了古希腊文文法以后，开始从古希腊文著作中探幽寻胜。伟大的诗篇，不论是英文或古希腊文的，只要你同它心心相通，就不需要什么解释。不少人用他们牵强附会的分析和评论歪曲丑化了诗人的伟大作品。他们要能明白这个简单的真理该多好！了解并欣赏一首好诗，无须弄清楚诗句中的每一个字，无须弄清其词法和句法的属性。我知道我那些有学问的教授们，从《伊利亚特》史诗中挖掘出的东西比我多得多，但我不嫉妒。别人比我聪明，我并不在意。他们纵有广博而深厚的学识，也道不出对这首光辉的史诗究竟欣赏到了什么程度。当然，我自己也是道不出的。每当读到《伊利亚特》精彩的篇章，我就感到我的灵魂在升华。从我狭窄的生活圈子里解脱出来，放浪于形骸之外，飘然上升到广阔无垠的天上人间。

《埃涅阿斯纪》（维吉尔所作罗马史诗）虽然稍逊于《伊利亚特》，但也是我真正喜爱的。我尽力不依靠注释和词典，自己来领会这部史诗，并把我最喜欢的一些篇章翻译出来。维尔吉尔勾画人物的本领是惊人的，但他笔下充满喜怒哀乐的天神和凡人往往好像蒙上了一层伊丽莎白时代的面纱。《伊利亚特》中的天神和凡人则是欢快地又跳又唱的。维尔吉尔笔下的人物柔美静谧，好似月光下的阿波罗大理石像，而荷马则是太阳光下秀发飘动的俊逸而活泼的少年。

在书本里飞来飞去实在方便。从《希腊英雄》到《伊利亚特》要不了一天的工夫，但是这路程也绝非令人惬意的。当人们可能已经几次周游了世界的时候，我还正在语法和词典的迷途里精疲力尽地踯躅，或者正掉进恐怖的陷阱，这陷阱名叫考试，是学校专门用来同那些寻求知识的学生作对的。类似《天路历程》最终可能会渐入佳境，但终究太漫长了，尽管途中也偶尔出人意外地出现几处引人入胜的美好景色。

我很早就开始读《圣经》，虽然并不能理解其内容。那一段时间，我竟然对《圣经》中的和谐一致的精神毫无感受，实在不可思议。我很清楚地记得，在一个下雨的星期天早晨，我闲得无聊，让表姐为我讲一段《圣经》中的故事。她就在我手上拼写约瑟兄弟的故事，尽管她知道我不能理解这个故事。我听了确实一点儿兴趣也没有，奇怪的语言和不断的重复，使人感到这故事不真实，不过是那遥远的天国里的事情。还没有讲到约瑟兄弟穿着五颜六色的衣服进入雅各的帐篷里去说谎，我就呼呼地睡着了。我不懂，为什么希腊故事是那样吸引我，而《圣经》的故事却那么不能引起我的兴趣。也许是因为我在波士顿时认识了几个希腊人，他们对希腊故事的极大热情感染了我。而希伯来人或埃及人我却一个也没遇着，因而断言他们不过是一群野人，他们的故事大概都是后人编出来的。因此，《圣经》的故事中有那么多古怪的名字和重复的叙述，也就不足为怪了。说也奇怪，我从来不觉得希腊人的姓名古怪。

　　我后来从《圣经》中发现了些什么呢？这些年我读《圣经》愈来愈受启发，愈来愈有兴趣。我爱《圣经》胜过其他的书。不过《圣经》中仍有许多东西是我所不能接受的，正因为如此，我从未能把它从头读到尾。虽然后来我明白了《圣经》产生的历史及其渊源，这种情绪并未稍减。我和豪威斯先生都希望应该从《圣经》文学中清除掉一切丑恶和野蛮的东西，当然我们也极力反对把这部伟大作品改得毫无生气，面目全非。

　　《圣经·旧约全书》中《以斯帖记》的简洁明快，是很吸引人的。以斯面对她邪恶的丈夫的场面，极富戏剧性。她清楚地知道自己的生命系于对方的手中，没有人能够救她。然而她克服了妇女的懦弱，一步步走近她的丈夫。崇高的爱国主义鼓舞着她，她心中只有一个念头："如果我死，我就死吧；如果我生，我的人民都生。"

还有路得的故事，又是何等的富有东方色彩。朴实的乡村生活同波斯首都相比，是何等的迥然不同。路得忠贞而柔情，她同那些收割庄稼的农民一起站在麦浪翻滚的地里，又是何等的叫人怜爱。她无私的高尚思想在那黑暗残暴的时代，像是黑夜里闪耀的一颗明星。路得那样的爱情——超越了互相冲突的宗教信条和根深蒂固的种族偏见的爱情，在全世界都是很难找到的。

《圣经》给我以深沉的慰藉："表面而看得见的都是短暂的，唯有那内在而看不见的才是永恒的。"从我喜爱读书以来，我一直爱读莎士比亚的作品。我说不清究竟我是何时开始读兰姆的《莎氏乐府本事》的。但我记得，我是以一种儿童的心理和好奇心来读这些故事的。我印象最深的是《麦克白》。我只读了一遍，里面的人物情节就永远刻印在我的记忆里。很长一段时间，戏里的鬼魂和女巫总是在我的睡梦中纠缠我。我看见，的的确确看见了那把剑和麦克白夫人的纤素的手——可怕的血迹在我眼前出现，就像那忧伤的王后亲眼见到的一样。

读过《麦克白》之后，接着读了《李尔王》。读到葛罗斯特的眼睛被挖出的情节，紧张而且恐怖，使我永远不能忘掉。我愤怒得读不下去，心扑通扑通地跳，好长时间呆呆地坐在那里。这对一个孩子来说，是愤怒得无以复加了。

我大概是在同一个时期接触到夏洛克（莎士比亚剧本《威尼斯商人》中的角色，放高利贷的犹太人，狠毒的报复者）和撒旦（基督教中的魔王）。这两个人物，在我的心目中总是联在一起的。记得我当时是怜惜他们的。我模糊地觉得，即使他们自己希望变好，也成不了好人，因为没有人愿意帮助他们或是给他们一个改过的机会。甚至到现在，我也不能把他们写得狗血喷头。我有时感到，夏洛克一类的人，犹大（耶稣门徒，出卖耶稣的叛徒）一类的人，甚至魔王，都是好端端的车轮上的一根断了的车辐，总有一天会修好的。

说来奇怪，我最初读莎士比亚的作品竟留下了许多并不惬意的回忆。那些欢快、温和而又富于想象的剧作——现在我最喜欢的——起初并不怎么吸引我，也许是因为它们反映了儿童生活的欢乐。然而"世上变幻莫测的东西无过于儿童的记忆。要保持着什么，又要丢掉什么，实在无法预料"。

莎士比亚的剧本我读过好多遍，并记熟了其中的许多片断，但说不出我最爱哪一本。我对它们的喜爱，同我的心情一样，是变化多端的。我觉得莎士比亚的短诗和十四行诗同他的戏剧一样，新鲜而与众不同。尽管我喜欢莎士比亚，但我却讨厌按评论家们的观点来读莎氏的作品。我曾经努力记住评论家们所作的解释，但总是灰心失望而止，从而拿定主意不再干这种事。后来当我跟着基特里奇教授学莎士比亚时，才算改变了这个主意。现在我懂得了不但在莎氏作品里，而且在这个世界上，都有许多东西是我所不理解的，我高兴地看到一层又一层的帷幕逐渐被拉起，显露出思想和美的新境界。

我爱历史仅次于诗歌。我读了我所能接触到的一切历史著作——从枯燥的大事记、更枯燥的年表到格林所著公正而又生动的《英国人民史》，从弗里曼的《欧洲史》到埃默顿的《中世纪》，使我体会到有真正历史价值的是斯温顿的《世界史》。这本书是我在十二岁生日那一天收到的。虽然这本书现在看来没有什么了不起，但我仍然一直珍藏着。它使我懂得了：各民族如何在陆地上逐步发展，并建立起城市；少数伟大的统治者（他们是人世间的坦泰，坦泰是希腊神话中据说曾统治世界的巨人族的一个成员），是如何把一切踩在脚下，把千百万人的生死苦乐系于他们一人之手；各个民族如何在文化艺术上为人类的发展奠定基础，开辟道路；人类文明如何经历腐朽堕落的浩劫，然后又像不死鸟一样死而复生；伟大的圣贤又如何提倡自由、宽容和教育，为拯救全世界而披荆斩棘。

大学时期，我读了一些法国和德国的文学作品。德国人喜欢显示自己的力量，而并不怎样讲究美。他们重视真实，而不迁就习俗，无论日常生活或文学创作都是如此。德国人干事都有一股猛劲儿，他们张口说话不是为了影响别人，而是犹如骨鲠在喉不吐不快。另外，德国文学的含蓄，也是我十分喜爱的。我认为德国文学最可宝贵的，还在于对妇女自我牺牲的爱情的伟大力量的承认。这种思想在德国文学中随处可见，歌德的《浮士德》也有隐晦的流露。

那昙花一现，

不过象征而已。

人间的缺憾，

也会成为圆满。

那无法形容的，

这里已经完成。

妇女的灵魂引导我们永远向上。

在法国作家中，我最喜欢莫里哀和拉辛。巴尔扎克和梅里美也有许多清新喜人的东西，犹如阵阵海风袭人。阿尔弗雷德·缪塞简直不可思议！我很敬佩维克多·雨果，佩服他的天才，他的卓越的浪漫主义，尽管在文学上我并不是非常喜欢他。雨果、歌德和席勒以及其他国家的所有伟大的诗人，都是永恒主题的表现者。他们的作品把我引入了真善美的境界。

以上说的都是我的书友，恐怕说得太多了，不过我只说了我最喜欢的一些作家。人们也可能因此说我交友的圈子很窄，这是一种很错误的印象。很多作者都各有很多的特点值得我喜爱，卡莱尔（英国哲学家兼作家）的粗犷以及对虚伪的憎厌，华尔斯华绥的鼓吹天人一体。我爱胡德古怪惊人之笔，赫里克的典雅还有他诗歌中饱含的百合花和玫瑰的香味儿。我也很喜欢惠蒂尔的热情正直。我认识他，我们之间的友情使我格外喜爱读他的诗。我喜欢马克·吐温——谁能不喜欢他呢?！天神们也喜欢他并赋予他全能的智慧，为了不使他成为悲观主义者，又在他的心田上织起一道爱和信仰的彩虹。我爱司各特的不落俗套、泼辣和诚实。我爱所有像洛厄尔那样的作家。他们的心池在乐观主义的阳光下泛起涟漪，成为欢乐与善意的源泉，有时带点儿愤怒，有时又有同情与怜悯。

总之，文学是我理想的乐园。在这个乐园里，我享有一切权利。我生理上的缺陷阻挡不了我同我的书友的倾心交谈。他们同我娓娓而谈，绝无为难不便之苦。我所学到的同我所学的东西本身所具有的"广博的爱和高尚的仁慈"相比，是微乎其微的。

第二十二章　多姿多彩的生活

我相信，读者不会从上一章关于书的叙述中得出结论，说我的唯一乐趣就是读书。我的乐趣是多种多样的。

上文中我曾不止一次地谈到我喜爱农村以及户外运动。当我还是个很小的姑娘时，就学会了划船和游泳。夏天，我在马萨诸塞州伦瑟姆时，几乎是住在船上。偕同出访的朋友出去划船是我最大的乐事。是的，我并不能很好地驾驭船，有人坐在船尾上掌舵，而由我来划船。有时我划船不用人掌舵，我用辨别水草和睡莲以及岸上的灌木的气味来掌握方向，这是十分有趣的。我划的桨，是用皮带固定在桨环上。我从水的阻力可以知道，双桨用力是否平衡，以及是否逆水而行。我喜欢同风浪抗争，让这坚固的小船服从于我的意志和臂力，使它轻轻地掠过那闪光的波浪，而这水波在不停地使它上下颠簸。此情此景，的确使人心旷神怡！

我也喜欢驾驶小艇。如果我说我特别喜欢在月夜驾驶小艇，你们听了会哑然失笑。的确，我不可能看见月亮从松树后面升上天空，悄悄地越过中天，为我们铺设一条闪光的道路，但我知道有月光。而当我躺在垫子上，把手放进水中时，我好像看见了这照耀如同白昼的月光。偶尔，一条大胆的小鱼从我手指间滑过，一棵睡莲羞怯地从我手上擦过。我们从小港小湾的荫蔽处驶出时，我会骤然感到四周空间的开阔，一种明亮的暖气把我包围住。我永远弄不清楚，这太阳的热气是从树木上还是从水上蒸发出来的。甚至在城市的中心，我也同样有这种奇异的感觉。在风雨交加的日子，以及在夜里我都会有这种感觉。它好像是温暖的嘴唇在我脸上亲吻。

我最喜爱乘船航行。1901年夏天，我们到了新斯科舍，第一次有机会领略到大洋的风貌。我们在伊万杰琳的故乡住了几天。朗费罗有几首名诗使这个地方更加吸引游人。莎莉文小姐和我又去了哈利发克斯。这年夏天的大部分时间，我们是在这里度过的。我们在这个海港玩得非常痛快，简直像进了乐园。我们那次乘船去贝德福拜新、麦克纳勃岛、约克锐道特以及诺斯威士特阿姆，真是太美妙了。夜里，那些庞大的军舰安静地停泊在港湾里，我们安闲地在舰侧划行，是何等的美好、有趣！这使人愉快的情景，我永远也不会忘记。

一天，发生了一件惊心动魄的事情。诺斯威士特阿姆举行了一次划船比赛，由各艘军舰派小艇参加。很多人乘帆船来观看比赛，我们的帆船也夹在当中。海面上风平浪静，成百条的帆船来回摆动。比赛结束，大家四散回家。突然，一大块黑云从远处飘来。片刻之间，黑云愈来愈多，愈来愈厚，最后遮满了整个天空。霎时风大浪急。我们的小船面对大风大浪毫无惧色，张满帆，拉紧绳，犹如坐在风上。它一会儿在波涛中打转，一会儿被推上浪头，然后又跌落下来。风在怒吼，帆在嘶鸣。我们放下主帆，同顶头风搏斗。风狂暴地把我们刮来刮去。我们的心怦怦地跳，手臂在颤抖，但这是精神紧张，而不是由于畏惧！因为我们富有冒险精神，并且相信船长能化险为夷。他靠一双坚定的手和熟悉海性的眼睛，曾经闯过无数险风恶浪。港里的一艘大船和几艘炮艇驶近我们船旁时，向我们致敬，水手们欢呼，为的是赞扬我们这小帆船的船长——他是唯一敢在这暴风雨中冒险出航的人。最后，当我们驶抵码头时，大家都又饿又冷，已经疲惫不堪。

去年夏天，我住在一个风景如画的幽静乡村里，这里是新英格兰最迷人的乡村之一。马萨诸塞州的伦瑟姆同我有不解之缘，我的一切欢乐和忧伤，都是同这个地方连在一起的。菲利浦王池塘旁边的红庄是J·E·钱布林斯先生的家，多年来，这里也成了我的家，想起这里很多亲爱的朋友对我的恩惠，以及我们的愉快相处，我心里充满了感激之情。他们家的孩子同我结成了亲密的伙伴，对我帮助很大。我们一起做游戏，一起在树林中散步，一起在水中嬉戏。几个年幼的孩子常常围着我喋喋不休地说这道那，我也给他们讲故事，说的是神鬼、英雄，还有诡计多端的熊，这一切至今回想起来仍令人回味无穷。钱布林斯先生还引导我去探究那些树木和野花的秘密。后来，我竟能凭着灵感窥听到橡树中树液的流动，看见树叶上阳光的闪耀。

　　树根埋藏在阴暗的泥土中，
　　却分享到树顶上的愉悦，
　　想象那充满阳光的天空，鸟儿在飞翔，
　　啊！这是因为同自然有着共鸣，
　　所以我也理解了看不见的东西。

我以为，我们每个人都有一种智能，可以理解和接受人类自原始时代以来所经历的印象和感情。每个人潜在的意识里都还储存着原始时代青青的大地、淙淙的流水的记忆。即使是盲聋人，也剥夺不了他们这种从先祖遗传下来的天赋。这种遗传的智能是一种第六感觉——融合视觉、听觉、触觉于一体的灵觉。

我在伦瑟姆有许多朋友，其中之一是一棵十分壮观的橡树。它是我心中的骄傲。有朋友来访，我总带他们去欣赏这棵帝王之树。它矗立在菲利浦王池塘的陡峭的岸上。熟谙树木的行家说它已有八百年到一千年的历史。传说菲利浦王，这位英雄的印第安人首领，就是在这棵树下与世长辞的。

我还有一个树友，比起这棵大橡树要温和可亲，这就是长在红庄门庭里的那棵椴树。一天下午，电闪雷鸣，风雨交加，我感觉到后墙一阵巨大的碰撞，不等别人告诉我，就知道是这椴树倒了。我们走去看这棵英雄树，它一生经受了那么多的狂风暴雨，而如今却躺倒下来。它是经过了猛烈的搏斗，而终于猝然倒地的，看了真叫人痛心。

言归正传，我要说的主要是去年夏天的生活。

学校的考试一结束，我就和莎莉文小姐赶紧来到伦瑟姆的这个幽静去处。伦瑟姆有三个很出名的湖泊，我们的小别墅就在其中一个湖的边上。在这里，漫长而晴朗的白天供我们尽情享受，把工作、大学和喧嚣的城市，全都置诸脑后。然而我们仍然不能不听到世界上发生的一切的回响——战争、结盟和社会冲突，发生在遥远的太平洋的无谓的战斗以及资本家和劳工的斗争。在我们这个人间乐园之外，人们纷纷攘攘，忙碌终日，一点儿也不懂得悠闲自得的乐趣。这类尘俗之事转瞬即逝，我们并不十分在意。而湖水、树木，这到处是雏菊的宽广田野、香气沁人的草原，才是永恒存在的。

许多人认为，人类的感觉都是由眼睛和耳朵得来的。因而他们对于我竟能分辨出是在城市街道上行走，还是走在乡间小道上，就大为惊讶——因为乡间小道除了没有砌造的路面以外，同城市街道是没有什么两样的。城市的喧闹扑打着我面部的神经，路上我所看不见的行人的不断的步履，我也感觉得到。各种各样不和谐的吵嚷，使我神魂不安。载重车轧过坚硬的路面发出的隆隆声，还有机器单调的轰鸣，对于像我这样不能让街景分散注意力的盲人来说，是尤其忍受不了的。

在农村，我们看到的是大自然的杰作。人们不必为熙熙攘攘的城市里的那种残酷的生存斗争丧魂失魄。我曾好几次到那些又窄又脏的街道，那里住的都是穷人。有钱有势的人住在高楼大厦里安闲自得，他们身体健壮，容貌美丽，而另一些人却住在不见阳光的黑屋子里，人越来越干瘪、丑陋。思念及此，怎不叫人怒火中烧。肮脏的小巷子里挤满了孩子，他们衣不蔽体、食不果腹。你向他们伸出一只友好的手，他们躲之犹恐不及，好像你要打他们似的。这些可怜的小生命，他们的身影总是萦绕在我的脑海中，使我不断地感到痛苦。还有一些男人和女人蜷曲得不成人形。我摸过他们的手，那粗糙的手使人想到他们的生存真是场无休无止的斗争——不断的混战、失败和失望。他们的努力是那样巨大，而机遇又那么微小而渺茫。人们常说，上帝把阳光和空气免费恩赐给一切众生，果真如此吗？在城市的肮脏小巷里，空气污浊，看不见阳光。啊！世界上的人们，你们不把自己的同胞放在心上，反而还摧残他们。当你们每顿饭祷告"上帝赐给我面包"时，你们的同胞却无面包可吃。啊！

人们为何不离开城市，抛开这辉煌灿烂、喧嚣吵嚷、纸醉金迷的尘世，回到树林和田野，重过简朴诚实的生活！这样，孩子们才能像那挺拔的幼树一样茁壮成长，人们的思想才能像路旁的野花一样芬芳纯洁。所有这些是我在城市工作了一年后，回到农村时禁不住产生的感想。

现在，我又踏上了松软而富有弹性的土地。我又沿着绿草茵茵的小路，走向蕨草丛生的涧边，把手伸进汩汩溪水里。我又翻过一道石墙，跑进绿色的田野——这狂欢似的高低起伏的绿色田野。

除了散步，我还喜欢骑双人自行车兜风。凉风迎面吹来，铁马在胯下跳动，真是惬意极了。这种快速兜风使人既感到轻快，又感受到力量的愉悦，真是心旷神怡。

当我散步、骑马或是驾船时，都尽可能让狗陪伴我。我有许多犬友——躯体高大的玛斯第夫犬、眼睛温顺的斯派尼尔犬、像木头一样的萨脱犬以及忠实而听话的第锐尔公犬。目前，我最喜爱的是一条第锐尔公犬。它是一条纯种狗，尾巴卷曲、脸相滑稽、逗人喜爱。这些犬友似乎了解我生理上的局限，当我独自一人时，它们都紧紧依傍着我。我喜欢它们那种亲昵的样子和富于表情的摇尾。

每当下雨走不出去时，我同其他女孩子一样，在屋里用各种办法消遣。我喜欢编织，有时也翻阅书籍，东一行西一行随便浏览。或者同朋友下一两盘国际象棋。我有一个特殊的棋盘，上面每一个格子都凹陷下去，棋子可以稳稳当当地插在里面。黑的棋子是扁平的，白的棋子顶上是弯曲的。每个棋子的中间有一个洞，可以放一个铜制的圆头，以区分国王和其他棋子。国际象棋的棋子，白子大于黑子，这样，下完一着棋之后，我可以用手抚摸棋盘来了解对方的计谋。把棋子从一个格移到另一个格，会产生震动，我就可以知道什么时候是轮到我走棋了。

在我独自一人而又无聊的时候，我就玩儿单人纸牌游戏。我很爱这样玩儿牌。我玩儿的纸牌，在右上角有一个盲文符号，可以辨认出这是张什么牌。

如果跟孩子们在一起，我最爱同他们做各种游戏，即使是很小的孩子，我也极乐意同他闹着玩儿。我很高兴，孩子们都喜欢我。他们领着我到处走，把他们感兴趣的东西指给我看。自然，很小的孩子不能用手指为我拼写，但我可以用唇读来弄明白他们说的话。有时唇读也未能弄明白他们的话，他们就打手势。每逢我弄错了他们的意思，干了错事，他们就哄然大笑，这场哑剧又得从头做起。我也常常给他们讲故事，教他们玩儿游戏。我们玩得高高兴兴，不知不觉时间就溜走了。

博物馆和古董店也给了我许多乐趣和灵感。毫无疑问，许多人会觉得奇怪——不用眼睛，只用手，就可以感觉出一块冰凉的大理石所表现的动作、感情和美！然而我确实从抚摸这些古雅的艺术品中得到真正的乐趣。我的指尖触摸到这些艺术品的线条，就能发现艺术家们所要反映的思想。我能从抚摸天神和英雄的雕像中，觉察出他们的爱和恨以及他们的英勇性格，正如我能从活人的脸上摸出人的情感和品格一样。我从狄安娜（罗马神话中的月亮和狩猎女神）雕像的神态上，体会到森林中的秀美和自由，能够感觉到那种能把狮子驯服、能把最强烈的欲望抑制住的精神。维纳斯（罗马神话中爱和美的女神）雕像的安详和娟秀，使我感到精神上的愉悦。而巴雷的铜像则向我启示了丛林的秘密。

我书房的墙上挂着一块荷马的圆雕,挂得很低,可以很方便地摸到,因此我常以敬爱的心情来抚摸荷马英俊而又忧伤的面庞。他庄严的前额上的皱纹我是那么熟悉——一丝一缕都是他生活的痕迹,是他忧国忧民艰苦斗争的明证。那一双没有视力的眼睛,在为他所心爱的希腊寻求光明与蓝天,但结果归于失望。那张秀丽的嘴,坚定、忠实而又柔美。这是一个诗人的脸庞,一张饱经忧患的脸。啊!我多么了解他一生的恨事,他那犹如漫漫长夜的时代:

哦,黑暗、黑暗,
在这正午刺眼的阳光下,
绝对黑暗、全然黑暗,
永无光明的希望!

我仿佛听见荷马在歌唱,从一个营帐行吟到另一个营帐,他探着步子摸索着。他歌唱生活、爱情和战争,歌唱一个英雄民族的光辉业绩。这歌奇伟雄壮,使盲诗人赢得不朽的桂冠和万世的景仰。

我时常想知道,手是否就不比眼睛更能欣赏雕塑的美。我总以为触觉比之视觉更能对曲线的节奏感体会入微。从希腊的大理石神像上,我可以觉察出古希腊人情绪的起伏波动。

看戏是我的另一种娱乐，不过这种机会是不多的。把舞台上正在上演的戏描述给我听，比之读剧本要有兴味得多，因为我就好像置身于这激动人心的事件之中。我曾特别荣幸地会见过几位著名的演员，他们都有很高的技艺，能使你忘却此时此地，被他们的艺术带到了罗曼蒂克的古代。埃伦·特里小姐具有非凡的艺术才能。有一次，她正在扮演一名我们心目中理想的王后的时候，曾允许我抚摸她的脸和服装。亨利·欧文勋爵站在她的身旁，佩戴着国王的标记，他的行为举止无不显露出他超群出众的才智。他善于表情的面容表现了驾驭一切的帝王气概。在他乔装的国王的脸上，给人一种冷漠和难以名状的哀愁的印象。这是我永远不能忘怀的。

我还认识杰斐逊先生，我为有他这个朋友而引为骄傲。每当我到一个地方，他如果恰巧正在那里演出，我总要去看望他。我第一次看他演出是当我在纽约上学的时候。他正在演《瑞普·凡·温克尔》。在这以前，我常常读这篇小说。但瑞普那种漫不经心、古怪而又随和的脾气，我是看演戏时才体会到的。杰斐逊先生的表演惟妙惟肖，凄楚动人，使我得到很大的艺术享受。老瑞普的形象，我永远不会忘记。演出结束之后莎莉文小姐领我去后台看望杰斐逊先生。我用手抚摸他那奇特的服装，平滑的头发和胡须。他让我摸他的脸，从而我可以想象，当他从那离奇的二十年沉睡中醒来时是什么样子。他又演给我看，那可怜的老瑞普怎样颤巍巍地站起来。

我看过他演的《对手》。有一次在波士顿，我登门拜访，他就为我演了《对手》中最精彩的几段。会客室权当舞台。他同他的儿子坐在一张大桌子旁边，鲍勃·艾克里斯用笔写挑战书。我用手模仿他的动作，我完全能领略他手忙脚乱的滑稽可笑。如果不是看他表演而是由别人把故事拼写给我听，那是完全领略不到的。接着，他们就决斗，两把剑你来我往，疾速非凡。后来可怜的鲍勃心慌意乱，渐渐招架不住。这位伟大的演员把外衣一拉，嘴一扭……这一瞬间，我仿佛置身福林瓦特尔村，施索德蓬松的头靠在我的膝上。杰斐逊先生又朗诵《瑞普·凡·温克尔》中几段最精彩的对话，一会儿喜笑颜开，一会儿又声泪俱下，表演得淋漓尽致。他要我尽量指出，配合台词应该做什么手势和动作。当然，我对戏剧动作是一窍不通的，只好胡乱凭着猜想说了几句。他的动作是同台词紧密相连的。瑞普一声长叹，然后嘟囔着说："一个人离开了家，就这样快地被大家遗忘了吗?"他长时间沉睡之后，找寻他的枪和狗时的那种灰心丧气，他同德里克订约时滑稽的迟疑不决，这一切表演，看来都是直接从生活本身提炼出来的。

我第一次看演戏的情景至今还记得很清楚，那是十二年前的事情。儿童演员埃尔西·莱斯莉正在波士顿演出，莎莉文小姐带我去看她出演的《王子与贫儿》。随着剧情的发展，观众一会儿喜，一会儿悲。这位小演员也演得惟妙惟肖。这些都是我永远不会忘记的。演出结束之后，我被允许到后台去会见这名穿着华丽戏装的演员。她站在那里，一头金发直披到两肩。虽然刚刚结束演出，她一点儿也没有疲惫和不愿见人的样子。那时候我刚开始学习说话，来之前我反复练习说她的名字，直到后来能清楚地说出她的全名。她听懂了我说出的她的名字，愉快地伸出手来欢迎我，真使我高兴！

可不是吗，尽管我的生活有很大的局限，我却在许多方面同美的世界有着密切的联系。世上何处没有美好的事物，即使漆黑和沉寂的世界也是如此。不管处于什么环境，我都学习，都能得到满足。确实，有时孤独感就像冷雾一样笼罩着我，我好像在一扇紧闭的生活之门前面独自坐等着。门里有的是光明、音乐和亲密的友谊，但是我进不去。麻木不仁的命运之神挡住了大门。我真想义正辞严地提出责难，因为我的心仍然放浪不羁，满腔热情。但是我那些酸楚而无益的话语，欲言又止，犹如泪水往肚里流。沉默浸透了我的灵魂。然后希望之神微笑着走来对我轻轻耳语说："忘我就是快乐。"因而我要把别人眼睛所看见的光明当做我的太阳，别人耳朵所听见的音乐当做我的交响乐，别人嘴角的微笑当做我的幸福。

第二十三章　一双双托满阳光的手

我能有今天的幸福是因为许多人的帮助,我真想把他们的名字都写在这本书上。书中已经写了一些人,读者是会对他们感到亲切的。而另一些人,读者则毫无所知。他们虽然默默无闻,但是他们不但曾经向我伸出亲热的友谊之手,而且给我以教诲,这是我终生难忘的。最值得庆幸和纪念的莫过于结识一些益友,他们像优美的诗篇,使我的思想感情得到陶冶,他们的握手洋溢着不可言喻的同情,他们幽默有趣的性格,使我焦躁不安的心得到宁静,困惑和烦恼像噩梦一样消失。我一觉醒来,耳目一新,欣赏上帝的真实世界的美与和谐,腐朽化成了神奇。总之,有这些益友在身旁,我就感到心安理得。同他们的相会也许只有那一次,然而他们平静的脸和柔和的性格,消融了我心上这永不满足的冰块,犹如山泉灌进海洋,淡化了海水的浓度。

时常有人问我:"有人使你觉得讨厌吗?"我不十分明白这句话的含义。我想某些有好奇心的蠢人，特别是新闻记者常常是不讨人喜欢的。我也不喜欢那些自以为了不起的人，装着降格来同你谈话，就好像有人同你一起走路，他把步子缩短了来适应你的步子，真使你心中不快。

当我同人见面握手时，这手是很说明问题的。有的人的握手表示了他高人一等；有的人郁郁寡欢，他们的手是冰凉的；另一些人活泼快乐，他们的手温暖了我的心。可能这不过是一个孩子的手握着我，然而它确实给了我活泼快乐，就像含情的一瞥给你的感受一样。我从一次热情的握手或是一封友好的来信中，感到了真正的快慰。

我有许多从未见过面的远方朋友。说实在的，人太多了，我常常不能一一回复他们的来信，我愿借此机会感谢他们的亲切来信。

我非常荣幸能够同许多天才人物会面谈话。只有了解布鲁克斯主教的人，才能领略同他交友的情趣。我很小的时候，就喜欢坐在他的膝上，用我的小手握住他的大手。他生动有趣地对我讲上帝和精神世界的事，由莎莉文小姐拼写到我另一只手上。我听了既惊奇又喜欢。我自然不能完全理解他说的话，但他使我对生活产生了乐趣。每次他对我的启发,都使我思想上很有收获,而且随着我年龄的增长,又有了更深一层的理解。有一次我问:"为何世界上有许多种宗教?"他说:"海伦,有一种无所不在的宗教,那就是爱的宗教。以你整个的身心爱你的天父,尽你所能,爱上帝的每个儿女。同时好好记住,善有善报,恶有恶报。进天堂的钥匙是在你的手里。"他的一生就是这个伟大真理的最好的说明。在他的高尚的灵魂里,爱同广博的知识以及信仰融合成一种洞察能力。他看见:

上帝使你得到解放,得到鼓舞,

使你谦卑、柔顺并得到慰藉。

布鲁克斯主教并未教我什么特别的信条,但他用两个伟大的思想教育我——上帝是万物之父,四海之内皆兄弟。这是一切信条和教义的思想基础。上帝就是爱,上帝是我们的父亲,我们是他的儿女。太阳总是穿破乌云,正义总要战胜邪恶。

我在这个世界上生活得很愉快,想不到将来的身后之事。但我不免常常想起我的几位好友的在天之灵。尽管他们离开人间已有好几年了,但似乎依然同我近在咫尺,如果他们什么时候拉住我的手,像从前一样亲热地同我谈话,我一点儿也不会惊奇。

布鲁克斯主教逝世后，我把《圣经》从头到尾读了一遍。我还读了几部从哲学角度论述宗教的著作，其中有斯威登伯格的《天堂和地狱》，德鲁蒙德的《人类的进步》。但我觉得，最能慰藉我的灵魂的，还是布鲁克斯的爱的信条。我认识亨利·德鲁蒙德先生，他那热情而有力的握手真使我感激。他对人最热情，知识广博而健谈。有他在场，你绝不会感到沉闷。

我清楚地记得同奥利费·温德尔·霍姆斯博士的第一次见面。他约莎莉文小姐和我在一个星期日的下午去看他。那是初春时节，我刚刚学习说话。我们一进门就被带进他的图书室，他坐在壁炉旁边一张扶手椅上。炉内火光熊熊，柴炭劈啪作响。他说他正沉湎于往日的回忆之中。

"还在聆听查尔斯河的呜咽？"我说。

"是的，"他说，"查尔斯河引起我许多可爱的联想。"

屋子里有一股印刷油墨和皮革的气味，我知道这里一定到处都是图书。我本能地伸出手来找书。我的手指落到了一卷装订得很漂亮的坦尼森的诗集上。莎莉文小姐把书名告诉了我，我就朗诵：

啊！大海，冲吧，冲吧，冲吧，

冲击你那灰色的礁石！

我觉得有泪水滴在了我的手上，就停止了朗诵。这位可爱的诗人竟然听得哭了。我觉得颇为不安。他让我坐到他的扶手椅上，拿来各种有趣的东西让我鉴赏。我答应他的要求，朗诵了《被禁闭的鹦鹉螺》，这是我非常喜欢的一首诗。这以后我又同他见了好几次。我不只爱他的诗，而且喜欢他这个人。

在会见霍姆斯博士之后不久，一个晴朗的夏日，我同莎莉文小姐同去看望惠蒂尔，地点是在梅里迈克河边他的幽静的家里。他温文尔雅，谈吐不凡，给了我极好的印象。他有一本自己的诗集，是凸印的。我读了其中题为《学生时代》的一首。他听我发音很好，非常高兴，说他听起来一点儿不困难。我问他许多诗的问题，用手放在他的嘴唇上来"听"他的回答。他说，他是诗中的那个小男孩儿，女孩子的名字叫萨利。还有其他的话，我则已记不得了。我又朗读了《劳斯·豆》。当我读到最后两句时，他把一个奴隶塑像放在我手中。这蹲着的奴隶身上的锁链正在掉落下来，就好像天使把彼得从监牢里带出来时，彼得身上的镣铐脱落下来的情形一样。后来，我们到他的书房里去，他为莎莉文小姐亲笔题字，用以表示钦佩她的工作。他对我说："她是你思想上的解放者。"他领我到大门口，温柔地吻了我的前额。我答应翌年夏天再来看他。但是约未践，人已亡。

我有许多年纪很大的朋友，爱德华·埃弗雷特·黑尔是其中之一，我八岁那年就认识了他。随着我年龄的增长，对他的爱也愈深。他有见识而又富有同情心，是莎莉文小姐和我在忧患之中的益友。他那坚强的臂膀帮助我们越过许多艰难险阻。不仅对我们，他对任何处境困难的人都是如此。他用爱来给旧的教条赋以新义，并教给人们如何信仰，如何生活，如何求得自由。他不但言传，而且身教。他爱国家，爱最穷苦的同胞，勤勤恳恳地不断要求上进。他宣传鼓动，而又身体力行，是全人类的朋友——愿上帝祝福他！

上文已经提到我同亚历山大·格雷厄姆·贝尔博士的初次见面，后来我曾同他一起度过许多愉快的日子，有时是在华盛顿，有时是在布雷顿角岛中心他幽静的家中。这里离拜迭克村很近，这个村因查尔斯·达德利·沃纳的书而出名。我十分乐意在他的实验室以及在布拉斯道尔湖边的田野里同他谈他的实验，帮助他放风筝。他很想通过风筝发现未来的飞船的飞行规律。贝尔博士在许多科学领域都是行家，而且善于把他研究的每一种课题生动有趣地说给你听，甚至最深奥的理论他也能使你听得津津有味。他使你觉得，哪怕你只有一点点多余的时间可以用来进行研究，你也可以成为发明家。他幽默而又富有诗人的气质。他最喜欢孩子，手里抱一个聋孩子是他最高兴不过的事。他为聋人做出的贡献将传之久远，为后代后世的孩子们造福。他自己做出的成就，以及在他的鼓励下别人做出的成就，都同样值得我们赞叹。

在纽约的两年中，我见到了许多知名人士。他们的名字虽然我早就听说，但却从未想到会同他们见面。同他们大多数人的第一次相见，都是在我的好朋友劳伦斯·赫顿的家里。我十分荣幸能够到赫顿夫妇优雅宜人的家里做客，我看了他们的藏书室。许多才华横溢的朋友为他们伉俪书写的题词，表达了对他们的羡慕之情。人们说赫顿先生有一种能唤起每个美好的思想情操的本领，真是一点儿不错。你不必为了了解他而去读《我了解的人》。他是我所认识的人中最胸怀坦荡、待人宽厚的一个，是同患难共欢乐的朋友。他不但同人相处是这样，就是对待狗也是如此。

赫顿夫人是一位真诚可靠的朋友。我思想修养上许多最可宝贵的东西的得来，都要归功于她。我在整个大学阶段取得的进步，是由于她不断地指教和帮助。有时我学习极为困难，正灰心丧气的时候，她的来信使我振奋，使我鼓起勇气。她使我真正体会到，征服了一个困难，下一个困难就好办多了。

赫顿先生介绍我认识了他的许多文学界的朋友，其中最有名的有威廉·迪安·豪威斯先生和马克·吐温。我还见到了理查德·沃森·吉尔德先生和埃德蒙·克拉伦斯·斯特德曼先生。我认识了查尔斯·达德利·沃纳先生，他是最吸引人的小说作家和最可爱的朋友，最富有同情心。有人说他爱一切生物，爱他的邻人，就如同爱自己一样。有一次，沃纳陪着森林诗人约翰·巴勒斯来看我，他们两个人都和蔼可亲。他们在散文和诗歌创作上的才华是我极为钦佩的，如今又感受到他们待人接物的魅力。这些文学界的名流，谈天说地妙趣横生，争论起问题来又唇枪舌剑，越谈越深，我往往跟不上他们的谈锋。我就像小爱斯凯纽斯跟着埃纽斯（罗马神话中的两个人物，前者是后者的儿子）迈向光辉的前程，埃纽斯大步流星，而小爱斯凯纽斯一小步一小步地总跟不上。但他们迎合我的口味，特地同我攀谈。吉尔德先生同我谈他如何在月夜越过沙漠向金字塔进发。他在给我的信上，在签名的下面做出凹下去的印记，我可以摸得出来。这使我想起黑尔博士在给我的信中，为了表现他的特点，常常用刺孔法签字。我用唇读法听了马克·吐温为我朗读的他的一两篇精彩的短篇小说。他的思想和行为都与众不同。我从他的握手中，可以觉察出他眼中炯炯有神的闪光。甚至当他用一种难以描述的滑稽声调进行讽刺挖苦时，你依然能够感觉出他的心灵就是一个人道主义的伊利亚特的化身。

  我在纽约还见到其他许多有趣的人物，《圣尼古拉斯报》的编辑玛丽·梅普斯·道奇夫人，《懦夫》一书的作者里格斯夫人（凯特·道格拉斯·威金）。她们送给我颇有情意的礼品：反映她们思想的书籍，暖人心窝的书信以及一些照片。这些我都乐意常向人们介绍。

篇幅所限，要把朋友们一一都提到，是不可能的。他们的许多高尚纯洁的品质，非笔墨所能形容。甚至我在谈到劳伦斯·赫顿夫人时也是不无犹豫的。这里我只再提到其他两位朋友。一位是匹兹堡的威廉索夫人，我时常到她在林德斯特的家中去做客。她经常为别人做些好事。自从莎莉文小姐和我同她认识以后，我们有事向她求教，她总是不厌其烦地提出中肯的意见。

另一位朋友也是很使我受惠不浅的。他以超人的手腕经营一些大企业，他英明果断的才干受到人们的钦佩。他同任何人都和善相处，不声不响地做好事。由于他的地位，我是不应该谈到他的。但是应该指出，如果没有他的热情帮助，我进大学是不可能的。

可见，我过去的这一段生活，是同我的朋友密不可分的。我生理上的缺陷给我的生活造成了极大的局限，然而朋友们却使我享受到许多寻常人享受不到的特殊权利，使我在厄运投下的阴影里，能够安详而愉快地生活。

书信选译

只有那些像劳拉·布里奇曼那样摆脱了虽生犹死的状态的人才能意识到没有思想、信仰或希望的人由于深陷黑暗,是何等的孤独与虚弱。这牢狱的凄凉和从囚禁中解救出来的快乐心情,都是无法用言词来形容的。

1. 给表姐安娜以及乔治·T·特纳夫人

（1887年6月，海伦接受教育三个半月，时年七岁，原信无标点，未署名）

海伦给安娜写信。乔治给海伦一个苹果。辛普森将开枪打鸟。杰克将给海伦棒棒糖。医生要给米尔德里德吃药。妈妈将给米尔德里德做新衣裳。

2. 给南波士顿柏金斯盲人学校的盲姑娘们

（1887年9月，时年七岁，原信无标点）

海伦要给小盲姑娘们写信。海伦和老师要来看小盲姑娘们。海伦和老师要乘汽车去波士顿。海伦同小盲姑娘们游乐。盲姑娘们会用手指谈话。海伦要看阿纳格诺斯先生，阿纳格诺斯先生会喜欢并亲吻海伦。海伦将同盲姑娘们一起上学。海伦像盲姑娘们一样，会读、会算、会拼写。米尔德里德不到波士顿来，米尔德里德哭起来。普林士和江波要去波士顿。爸爸用枪打鸭子，鸭子掉到水里。江波和玛米跳到水里游泳，把鸭子叼到嘴里送给爸爸。海伦同几条狗玩耍。海伦同老师骑在马背上，海伦用手拿着草给汉蒂吃；老师用鞭子打汉蒂，让它快走。海伦是盲人。海伦要把给盲姑娘们的信放进信封。

再见！

海伦·凯勒

3. 给柏金斯盲人学校校长阿纳格诺斯先生

（1887年11月，时年七岁）

亲爱的阿纳格诺斯先生：

我要给你写信，我和老师拍了照片。老师要把照片送给你。照相师拍照片。木匠造房子。园丁挖土锄地和种菜。我的布娃娃南希正在睡觉。她生了病。米尔德里德身体健康。弗兰克叔叔打鹿去了。他回家来我们吃早餐就有鹿肉吃了。我坐着手推车，老师推手推车。辛普森给了我玉米花和胡桃。罗沙表姐去看她的妈妈。人们星期天上教堂。我在书上看到了狐狸和箱子。狐狸会坐在箱子里。我喜欢读我的书。你爱我。我爱你。

再会。

海伦·凯勒

4. 给迈克尔·阿纳格诺斯先生
（1888年2月，时年八岁）

我亲爱的阿纳格诺斯先生：

我很高兴能用盲文给你写信。今天早晨卢西恩·汤普森送给我一束紫罗兰、藏红花和长寿花。星期天艾德琳·摩西给我买了一个漂亮的布娃娃。布娃娃是从纽约运来的。她名叫艾德琳·凯勒。她会闭眼睛、弯胳膊，会坐下，会笔直地站着。她穿着一件漂亮的红衣裳。她是南希的妹妹，我是她们俩的妈妈。阿莱是她们的表姐。南希是个坏孩子。我到孟菲斯去的时候，她大声地哭，我用棍子打了她。

米尔德里德用面包屑喂鸡。我喜欢同小妹妹玩儿。

我同老师去孟菲斯看望南妮姑姑和祖母。路易斯是南妮姑姑的孩子。老师给我买了一件好看的新衣裳，还给我买了手套、长筒袜子和硬衣领。祖母给我做了暖和的法兰绒衣服，南妮姑姑给我做了裙子。女主人给我做了一顶漂亮的帽子。我看望了罗伯特、格雷斯先生、格雷斯夫人、小纳塔利、法里斯先生、梅奥先生、玛丽以及每一个人。我爱罗伯特和老师。她不让我写下去。我累了。我在格雷斯先生的口袋里发现了糖果盒子。爸爸领我去看蒸汽船，它像个屋子。这船在一条很大的河上。耶特犁庭院是为了种草。骡子拉犁。妈妈要种菜园子。爸爸要种瓜和各种豆子。

表哥贝尔星期六要来看我们。妈妈要做冰激凌准备在用餐时吃。我们用餐时要吃冰激凌和糕点。卢西恩·汤普森生病了，真叫我心里难过。

老师和我到庭院里散步，我懂得了花和树是怎样生长的。太阳从东方升起，在西方落下。谢菲尔德在北边，特斯卡比亚在南边。我们在六月要到波士顿去。我要同小盲姑娘们玩耍。

再会。

海伦·凯勒

5. 给安妮·曼斯菲尔德·莎莉文小姐

（1889年8月，时年九岁）

最亲爱的老师：

今天傍晚给你写信我真高兴，因为我整天都在想着你。现在我坐在走廊上，我的小白鸽停在我坐的椅背上看着我写信。她那褐色的小配偶随着别的鸟儿飞走了，但是阿尼并不难过，她喜欢同我待在一起。方特勒鲁在楼上睡觉，南希正把露西放上床。也许这逗人的鸟儿正唱着歌儿给他们催眠。美丽的花朵现在都在盛开。茉莉花、芥菜花和玫瑰花散发着香味儿。天气渐渐暖和，爸爸8月20日准备带我们去采石场。在那使人愉快的阴凉的树林中，我们一定会玩得很高兴。我要把我们一切好玩儿的事都写下来告诉你。听说莱斯特和亨利是很好的小乖乖，我真高兴。请替我好好地亲吻他们。

爱上了美丽的星星的那个小男孩儿叫什么名字？伊娃给我说了一个名叫海丁的很可爱的小姑娘的故事。请把这本小说寄给我。我要有一架打字机多好。

小阿瑟长得很快。现在他已经穿上了短童装。表姐利拉说他很快就会走路。那时候我就拉着他胖胖的小手，同他一起出去到明媚的阳光里散步。他想摘那些最大的玫瑰花，拍那飞得最欢的蝴蝶。我就很好地照管他，不让他摔跤，不让他碰伤。爸爸和一些先生昨天出去打猎。爸爸打了三十八只鸟。晚餐时我们吃了好些鸟肉，很好吃。星期一，辛普森打到了一只很大的鹤。鹤是一种长得很大很壮的鸟。翅膀和我的胳膊一样长，喙同我的脚一样长。它吃小鱼及其它小动物。爸爸说它能整天不停歇地飞。

　　米尔德里德是最可爱的小姑娘。她也非常淘气。有时，她不告诉妈妈就跑到葡萄园里，摘了葡萄，兜满满一裙子回来。我想她会用她那小胳膊搂着你的脖子，紧紧地拥抱你的。

　　星期天我去了教堂。我喜欢去教堂，因为我喜欢看到朋友们。

　　一位先生送给我一张漂亮的明信片，上面的图画是一条美丽的小河，河边上有一个磨坊。一条小船浮在水上，四周长着芳香的睡莲。离磨坊不远有一座古老的房子，周围长着许多树木。房顶上停着八只鸽子，台阶上还有一只大狗。皮尔现在已经是一个自豪的妈妈，它生了八只小狗。它认为这些小狗都是顶呱呱的。

我每天读自己的书。我非常非常喜欢这些书。我希望你很快就回来。我非常非常想念你。因为离开了亲爱的老师，很多东西我都不了解。送给你五千个吻以及我无法形容的爱。送给H夫人很多的爱和一个吻。

你的充满深情的小学生
海伦·A·凯勒

6. 给约翰·格林利夫·惠蒂尔

（1889年11月，时年九岁）

亲爱的诗人：

接到一个你不认识的小姑娘写来的这一封信，你一定会感到惊奇，但我相信当你听说我读了你的美丽的诗篇是多么愉快，一定会十分高兴。昨天我读了《在学校的日子》和《我的游戏伙伴》，我非常欣赏这两首诗。那个有一对棕色眼睛，长着一头

"金色卷发"的小姑娘后来死了，我读了心里非常难过。活在我们这个美丽的世界上是愉快的。我不能用自己的眼睛看见那些美好的事物，但我的心灵能看见这一切，因而我一天到晚都是高高兴兴的。

我走进花园，那些美丽的花朵我是看不见的，但我知道它们在我的周围，因为空气中不是充满了花的香味儿吗？我也知道小朵小朵的百合花在同她们的同伴窃窃私语，否则她们就不会是那样高兴的样子了。我非常喜爱你，因为你使我明白了有关花儿、鸟儿和人的许多事理。再见。

祝你感恩节愉快！

你的亲爱的小朋友
海伦·A·凯勒

7. 给奥利弗·温德尔·霍姆斯博士

（1890年3月，时年十岁）

亲爱的诗人：

自从那个美好的星期日我们向你告别以来，我不断地想念着你，现在我要给你写信，因为我喜爱你。没有小孩子陪你玩儿，真叫人惋惜。但我想，你的书和你的许许多多朋友会使你愉快。在华盛顿诞辰那天，很多人来到这里看盲童，我读你的诗歌给他们听，让他们看一些美丽的贝壳，是从帕洛斯附近的小岛拣来的。

我正在读一本叫《小杰克》的小说。杰克是一个特别好玩儿的小家伙，但是他又穷又盲。从前，当我还很小，没有读过书的时候，我觉得所有的人都是很快乐的。当我一懂得痛苦和悲伤，心里是很难过的。但现在我明白，如果这个世界上只有愉快，我们就永远不能学会勇敢和忍耐。

我正学习动物学中关于昆虫的部分，懂得了蝴蝶的许多习性。蝴蝶不像蜜蜂那样为我们酿蜜，但许多蝴蝶像花朵一样美丽，逗得孩子们十分高兴。它们生活得快快活活，在花丛里飞来飞去，吸吮花蜜，一点儿也不考虑明天。它们就像那些不想书本、不愿学习的孩子，跑到树林和田野里摘野花，或者在水塘里趟水，摘有香味儿的百合花，在明亮的太阳下兴高采烈。

如果我的小妹妹六月来波士顿，你让我带她来看你吗？她是个讨人喜欢的孩子，我想你会喜欢她。

现在我不得不向我的高雅的诗人告别了,因为今晚我还要写一封家信呢。

　　　　　你的亲爱的小朋友
　　　　　海伦·A·凯勒

8. 给乔治·R·克赖尔

（1891年3月,时年十一岁）

亲爱的朋友,克赖尔先生：

　　我刚刚从韦德先生那里听说,你将要买一只温顺的狗送给我,我很感谢你的好意。在外国我有你这样亲爱的朋友,的确使我感到很幸福。这使我相信,各国人民都是善良和友爱的。我从书本上读到,英国人和美国人是表兄弟姐妹,但我认为,我们实际上应该是兄弟姐妹。朋友向我描述了你们宏伟的城市,我也读过许多由聪明智慧的英国人撰写的著作。我已开始读《伊诺克·阿登》,这位伟大诗人的好几首诗我都能在心中默诵。我很想横渡大洋,来看望英国朋友,以及他们聪慧而杰出的女王。米思伯爵曾来看我,他说女王很受人民爱戴,因为她高尚而又聪明。有一天你会惊奇地看到一个奇怪的小姑娘来到你的办公室，但当你知道这是个喜欢狗和其它一切动物的小姑娘时，你会不禁失笑的，我希望你像韦德先生那样吻我。他也送给我一只狗，他认为这狗将会和我那漂亮的"母狮"一样又勇敢又忠实。我还要告诉你美国的一些喜欢狗的人准备做什么。他们赠款给一个又盲又聋又哑的可怜的小男孩儿。他的名字叫汤姆，五岁，他的父母穷得再不能送他上学，因此，这些先生们就不花钱为我买一只狗，而把钱用来使汤姆像我一样生活得愉快美好。这个计划多么好啊！教育将给汤姆的灵魂带来光明和音乐，他怎能不幸福呢？

你亲爱的小朋友
海伦·A·凯勒

9. 给奥利弗·温德尔·霍姆斯博士

（1891年4月，时年十一岁）

亲爱的霍姆斯博士：

在这阳春四月的日子里，读了你歌颂春天的优美的诗句，我心里不禁回荡起音乐的声音。我喜爱你的《春天》和《春天来了》这两首诗里的每一个字。我想你会很高兴地听说你的这些诗教会我欣赏和喜爱春光，尽管我看不见那美丽而又稚嫩的花蕾，听不见那归来的燕子欢快的鸣啭，但它们宣告了春天的到来。当我读你的《春天来了》时，我已不再是盲人，因为我在用你的眼睛观看，用你的耳朵聆听。当我的诗人同我在一起时，可爱的大自然母亲就不再对我有什么秘密了。我选择了这一张信纸是因为希望借纸角上一丛丛的紫罗兰来表达我对你的感激和喜爱。我希望你来看看小汤姆，他是个又盲又聋又哑的小孩子，刚刚来到我们家漂亮的花园，目前他孤苦伶仃、无依无靠，但是到明年四月，教育就会给他带来光明和愉快。如果你能来，你会要求波士顿的人们帮助汤姆，让他生活得快快活活。

你亲爱的朋友
海伦·A·凯勒

10. 给约翰·H·霍姆斯先生

（1891年5月，时年十一岁）

《波士顿先驱报》编辑

我亲爱的霍姆斯先生：

恳请你把附上的名单刊登在《先驱报》上。我想贵报的读者会高兴地知道已经有人为汤姆做了很大的努力，他们会希望分享这种助人之乐。汤姆在幼儿园很快活，每天都学点儿东西。他发现了门上有锁，小棍和小纸片可以很容易地放进锁孔里去，但他把这些东西放进去后，就不想取出来。他喜欢爬床架杆，拧暖气开关，但不那么喜欢拼写，这是因为他还不明白文字会帮助他发现新的有趣的事物。我希望善良的人们继续为汤姆工作，直到款子筹齐，教育把光明和音乐带进他的生活。

你的小朋友
海伦·A·凯勒

11. 给奥利弗·温德尔·霍姆斯博士

（1891年5月，时年十一岁）

亲爱而高尚的诗人：

如果海伦给你写信太频繁，我恐怕你会把她看做是一个叫人讨厌的小姑娘吧！但是你为她做了那么多的好事，她怎能不写信表示她亲切的感激之情呢？阿纳格诺斯先生告诉我，你向他捐了钱，用以教育小汤姆。因此我不得不首先告诉你，我是如何的高兴。你没有忘记这个可爱的孩子，因为你的这份礼物中包含了你的一片深情。我很抱歉地告诉你，汤姆还没有学会认字，他还是像你看见他时那样的一个手脚闲不住的小家伙。他在这个愉快的新的家里生活得高高兴兴，喜欢玩乐，就很叫人欣慰了。老师称作心灵的那个神奇的东西，是会逐渐地展开它美丽的双翅，为寻求知识的乐土而奋飞的。文字不就是心灵的翅膀吗？

…………

你的朋友
海伦·A·凯勒

12. 给卡罗琳·德比小姐

（1892年5月，时年十二岁）

我亲爱的卡里小姐：

我很高兴收到你亲切的来信。知道你对"茶会"很感兴趣，我是多么兴奋。当然，我们要把这件事做好。我马上就要走得很远，去到阳光灿烂的南方——我那可爱的家乡。我感到高兴的是，波士顿的亲爱的朋友们为我做的最后一件事是，帮助许多盲童，让他们生活得美好幸福。我知道善良的人们对于那些看不见光明、看不见使人愉快的美妙事物的孩子们，是会情不自禁地表示同情的。我以为，同情心必须表现在善意的行动上。当孤苦无援的盲童的朋友们明白了我们正为盲童们的幸福而工作时，他们是会努力使我们的茶会获得成功的。我相信，我将是世界上最幸福的小姑娘。请把我们的计划告诉布鲁克斯主教，使他能安排时间参加。我很高兴，埃莉诺小姐对茶会也感兴趣。请转告我对她的感激。明天我将看到你，那时再进一步安排我们的计划。请代向你的姑母转致我的老师和我对她的谢意，并且转告她，上次的短时间访问，我们过得十分愉快。

你亲爱的海伦·A·凯勒

13. 给查尔斯·E·莫奇斯夫人

（1893年10月，时年十三岁）

……最后再谈一点儿你提出的有关"海伦·凯勒公共图书馆"的问题。

1. 我估计，亚拉巴马州的特斯卡比亚镇约有三千人口，约半数为黑人。2. 镇上目前任何图书馆都没有。这就是我想办一个图书馆的原因。我的母亲和我的几位女友说，她们愿意帮助我。她们成立了一个团体，宗旨是要在特斯卡比亚镇建立一个免费借阅的公共图书馆。她们现在已有一百册书和五十五美元，一位和善的先生捐助了供建筑图书馆用的土地。同时，这个团体在镇中心地区租了一个小房间，现有的书免费供一切人借阅。3. 波士顿要好的朋友中只有少数人知道这个图书馆的事。我现在正为可怜的小汤姆募捐，因此不想再打搅他们，因为小汤姆的教育比家乡的人们有书读更为重要。4. 我说不出我们收藏了什么书，但我想都是些综合性的。

老师说，图书馆捐献人的名单最好在爸爸主编的报纸《北亚拉巴马》上发表。

海伦·A·凯勒

14. 给威廉·索夫人

（1898年12月，时年十八岁）

……我认识到我是一个多么自私和贪婪的姑娘，我要把我的幸福之杯装的满得都溢出来了，而不想一想多少人的杯子还是空空的。我为我的自私自利感到由衷的羞愧。我最难克服的一种幼稚的幻想就是，只要把希望表达出来，就会得到实现。但我现在慢慢懂得了世界上没有那么多的幸福，让每个人都能得到他所需要的。我竟然忘记了（即使是片刻忘记）我所有的已经超过了我的一份，我竟然像奥利弗·特威斯特（奥利弗·特威斯特：英国作家狄更斯的小说《雾都孤儿》中的小主人公）一样要求"更多",想到这里,我真是伤心……

海伦·A·凯勒

15. 给威廉·韦德先生

(1900年12月,时年二十岁)

……由于你关心盲聋人,我就先告诉你最近我了解的几个情况。十月间我听说在得克萨斯州有一个非常聪明的小姑娘,她的名字叫鲁比·赖斯,大约十三岁。她没有受过教育,但人们说她会缝纫,喜欢帮助别人做衣裳。她的嗅觉是异乎寻常的。她进到商店就能一下子找到她要去的柜台,认出她需要的东西。她的父母很想为她找到一位老师,并曾给希茨先生写信谈她的事。

我还知道密西西比聋人学校的一个孩子,她的名字叫莫德·斯科特,六岁。负责照管她的沃特金小姐写给我一封极有意思的信。她说莫德生下来就耳聋,三个月的时候又失去了视力,几个星期以前她被送到聋人学校时还是很糟糕的。她不会走,手也不怎么听使唤。当她们教她穿珠子时,她的小手垂到了一旁。显然她的触觉没有得到发展。直到如今，她要别人挽着才能行走。但是她似乎是个极其聪明的孩子，沃特金小姐还说她长得很好看。我已写信告诉她，等到莫德学会读书，我要送给她许多本小说。她是个可爱的小姑娘。生活中美好的东西她几乎都被剥夺了，真叫我心里难过。不过，看来沃特金小姐正是她所需要的老师。

不久以前，我在纽约看到了罗兹小姐，她告诉我曾见到凯特·麦吉尔。她说这个年轻的姑娘一言一行十足像个小孩子。凯特玩罗兹小姐的戒指，还给拿走了，说："不给你了！"只有罗兹小姐说最简单的事情，她才听得懂。罗兹小姐想送给她几本书，但找不出什么书能适合她那极为简单的头脑。她说凯特确实非常可爱，但急需要给予适当的教育。她的这些话使我非常惊异，因为过去你的来信所述，给我的印象是凯特是个很早熟的姑娘……

几天以前我在伦瑟姆火车站遇见汤姆·斯特林格。他现在是个高大强壮的小伙子，不久就需要一个男人来照管他，妇女是管不了他的。听说他已进了公立学校，进步是惊人的，但在说话上却没有什么进展，还停留在"是"和"不"上……

海伦·凯勒

16. 给爱德华·埃弗雷特·黑尔先生
（1901年11月，时年二十一岁）

我和老师期待着参加明天的纪念豪博士诞辰一百周年大会。我恐怕没有机会同你面谈，所以现在写信告诉你，由你在会上讲话，我是多么高兴，因为我感到你会比我认识的任何人更能表达盲聋人对豪博士的真诚的感激。盲聋人所受到的教育、所获得的机会和幸福都归功于豪博士，因为他使盲人可以读书，让哑人学会唇语。

现在我坐在书房里，四周都是书，我还同那些伟人和才华出众之士亲密交往。如果不是豪博士完成了上帝赋予他的任务，真难以想象我的生活会是什么样子。如果不是豪博士亲自承担起对劳拉·布里奇曼的教育，引导她跳出泥坑，唤回她人类的本性，我今天能够是拉德克里夫学院二年级的学生吗？谁能说我会是呢？然而既然豪博士取得了伟大的成就，我有今天这样的生活就不足为奇了。只有那些像劳拉·布里奇曼那样摆脱了虽生犹死的状态的人才能意识到没有思想、信仰或希望的人由于深陷黑暗，是何等的孤独与虚弱。这牢狱的凄凉和从囚禁中解救出来的快乐心情，都是无法用言词来形容的。豪博士开始他的工作之前，盲人需求的东西很多，但无法得到；而如今盲人在社会上发挥着积极作用，能独立生活和工作，两相比较，我们就会意识到豪博士为我们做了多么伟大的贡献呀！生理缺陷给我们造成的隔绝状态又有何可怕？感谢我们的这位朋友和救星，我们的日子愈来愈好，前途充满光明。

　　豪博士在波士顿为人类付出了巨大的劳动并取得了辉煌的胜利，他在这里功绩卓著，理应受到人们的赞颂和感激。这是十分令人欣慰的。

　　老师和我一起向你致以良好的问候！

你亲爱的朋友
海伦·A·凯勒

17. 给《大园世界》杂志

(1901年2月，时年二十一岁)

《大园世界》的先生们：

你们的信引起我很大的兴趣。这几天很忙，今天才抽出时间给你们写信。我这里早已喜鹊叫喳喳，风闻这个直接从你处传来的好消息，真使我喜上加喜。

用"触觉语言"印制《大园世界》杂志真是太好了，得天独厚的明眼人是不能理解你们准备印制的这一刊物对盲人是多大的恩惠。这世界上人们的所欲、所想和所为都能自己从杂志上读到，其乐，真是言语所不能形容，因为人们对世上的悲欢成败都是极为关心的。我相信，《大园世界》尽其所能，为黑暗中的人们带来光明，必能得到应有的鼓励和支持。

然而我怀疑《大园世界》杂志盲文版的订阅份数不会很多，因为我听说，盲人作为一个阶层来说，是贫穷的。但是如果必要的话，盲人的朋友们为什么不帮助《大园世界》呢？肯定会有热心人伸出热情的手，促使这慷慨的心愿成为高尚的行动的。

祝你们在我所非常喜爱的一项事业中获得成功！

海伦·A·凯勒

假如给我三天光明

假如你只有三天能看到东西的话，你将怎样使用你的眼睛呢？假如你知道，当第三天黑夜来临以后，太阳就永远不会再从你面前升起，你将怎样度过这短暂插入的、宝贵的三天时光呢？你最高兴看到的是什么东西呢？

我们大家都读过激动人心的故事，故事中主人公的寿命已有限期。这段时间有时度日如年，有时一年短如一日。然而我们总是非常感兴趣地去探索那将死的人怎样度过他最后的时日。当然我说的是那些有选择权的自由人，而不是那些活动范围受到严格限制的犯人。

这样的故事对我们很有启发，使我们想到在同样的情况下该做些什么。作为一个将死的人，我们该用什么样的活动，什么样的经历，什么样的联想去填塞那最后的几小时？在回顾过去时，我们将发现，什么感到幸福，什么应当后悔。

有时，我常这样想，当我今天活着的时候就想到明天可能会死去，这或许是一个好习惯。这样的态度将使生活显得特别有价值。我们每天的生活应当过得从容不迫，朝气蓬勃，观察敏锐，而这些东西往往在日复一日、月复一月、年复一年的时间长流中慢慢消失。当然，也有一些人一生只知道"吃、喝、玩、乐"，然而，多数人在确知死神将至时反而有所节制。

在那些故事中，那将死的主人公往往在最后的时刻由于幸运降临而得救，并且从此以后他就改变了自己的生活准则。他变得更加明确生活的意义和它的永久神圣的价值。经常可以看到一些人，他们生活在死的阴影之下，却对他们所做的每一件事都怀着柔情蜜意。

然而，我们中的许多人却把生活看成理所当然的事。我们知道自己总有一天会死去，但我们总把那一天想得很遥远。当我们年富力强的时候，死亡好像是不可思议的，而我们也很少想到它。日子好像永远过不完似的。因此，我们一味忙于微不足道的琐事，却不知道这样对待生活的态度是太消极了。

恐怕我们对自己所有官能和意识的使用也是同样的冷漠。只有聋人懂得听力的价值，只有盲人体会得到看见事物的乐趣。这种体验尤其适用于那些在成年期丧失了视力与听力的人。然而，那些从未体会过失去视力和听力痛苦的人，却很少充分使用这些幸福的官能。他们的眼睛和耳朵模糊地看着和听着周围的一切，心不在焉，也漠不关心。人们对于自己的东西往往不太珍惜，而当失去时，才懂得它的重要。正如我们要到病倒时才认识到身体健康的好处。

我经常这样想，如果每一个人在他的青少年时期都经历一段盲人与聋人的生活，将是非常有意义的事。黑暗将使他更加珍惜光明；寂静将使他更加喜爱声音。

我经常考查我那些有视力的朋友们，问他们看到了什么。最近，我的一位好友来看我，她刚从森林里散步回来，问她都看到了些什么。她回答说："没有看到什么特别的东西。"如果我不是习惯听这样的回答，那我一定会对它表示怀疑，因为我早就相信，眼睛是看不见什么东西的。

我常这样问自己，在森林里走了一个多小时，却没有发现什么值得注意的东西，这怎么可能呢？我这个有目不能视的人，仅仅靠触觉都能发现许许多多有趣的东西。我感到一片娇嫩的叶子的匀称，我爱抚地用手摸着银色白桦树光滑的外皮，或是松树粗糙的表皮。春天，我满怀希望地在树的枝条上寻找着芽苞，寻找着大自然冬眠后的第一个标志。我感觉到鲜花那可爱的、天鹅绒般柔软光滑的花瓣并发现了它那奇特的卷曲。大自然就这样向我展现千奇百怪的事物。偶尔，如果幸运的话，我把手轻轻地放在一棵小树上，就能感到小鸟放声歌唱时的欢蹦乱跳。我喜欢让清凉的泉水从张开的指间流过。对于我来说，芬芳的松针地毯或轻软的草地要比最豪华的波斯地毯更受欢迎。四季的变换，就像一幕幕令人激动的、无休无止的戏剧，它们的行动通过我的指间流过。

有时，我在内心里呼唤着，让我看看这一切吧。仅仅摸一摸便给了我如此巨大的欢乐，如果能看到的话，那该是多么令人高兴啊！然而，那些有视力的人却什么也看不见。那充满世界的绚丽多彩的景色和千姿百态的表演，都被认为是理所当然的事。人类就是有点儿奇怪，对我们已有的东西往往看不起，却去向往那些我们所没有的东西。然而，在光明的世界里，将视力的天赋只看做是为了方便，而不看做是充实生活的手段，这是非常可惜的。

如果我是一所大学的校长，我将设一门必修课："怎样使用你的眼睛"。教授应当启发他的学生，如果他们能真正看清那些在他们面前不被注意而闪过的事物的话，那么他们的生活就会增加许多丰富多彩的乐趣。他们应当努力唤醒他们身上那些处于睡眠状态的、懒散的官能。

也许，我最好用想象来说明一下，如果我有三天能用眼睛看见东西的话，我最喜欢看到什么。而且，当我在想象时，我希望你也想一想这个问题，假如你只有三天能看到东西的话，你将怎样使用你的眼睛呢？假如你知道，当第三天黑夜来临以后，太阳就永远不会再从你面前升起，你将怎样度过这短暂插入的、宝贵的三天时光呢？你最高兴看到的是什么东西呢？

自然，我最希望看到的东西是那些在我的黑暗年代对我变得最亲切的东西。你也一定希望长时间地看着那些让你感到最亲切的东西。这样，你就可以把对它们的记忆带到黑夜里去。

如果靠某种奇迹我能有三天睁眼看东西的时间，然后又回到黑暗里去，我将把这三天分为三个阶段。

第一天，我要看到那些好心的、温和的、友好的、使我的生活变得有价值的人们。首先，我想长时间地盯视着我亲爱的教师，安妮·莎莉文·梅西夫人的脸。当我还在孩提时，她就来到我家，是她为我打开了外部世界。我不仅看她脸部的轮廓，为了将她牢牢地放进我的记忆，还要仔细研究那张脸，并从中找出同情的温柔和耐心的生动的形迹，她就是靠这些来完成教育我的困难任务的。我要从她的眼睛里看出那使她能坚定地面对困难的坚强毅力和她那经常向我显示出的对于人类的同情心。

我不知道怎样通过"心灵的窗户——眼睛"去探索一个朋友的内心世界。我只能通过指尖，"看到"一张脸的轮廓。我能觉察到高兴、悲伤和许多其他明显的表情。我了解我的朋友们都是通过摸他们的脸。但是，只凭摸，我不能准确说出他们的个人特征来。我知道他们的个性，当然还要通过其他方面，通过他们对我表达的思想，通过他们对我显示的一切行为。但是，我不认为对于我所深知的人，要想更深地了解他们，只能通过亲眼见到他们，亲眼看见他们对各种思想和环境的反应，亲眼看到他们的眼神和表情的即时的瞬间的反应。

我对于在我身边的朋友，了解得很清楚。因为，经过多年的接触，他们已向我显示了自己的各个方面。但是，对于那些萍水相逢的朋友，我只有一个不全面的印象，这个印象是从一次握手、从我用手指摸他们的嘴唇或他们击拍我的手掌的暗语中得到的。

而对于你们这些视力好的人来说,要了解一个人就要容易得多和令人满意得多。你们只要看到他那微妙的表情、肌肉的颤动、手的摇摆,就能很快抓住这个人的基本特点。然而,你是否想过要用你的视力看出一个朋友或是熟人的内在品质呢?难道你们这些视力好的人们中的大多数不都只是随便看看一张脸的轮廓,而且也就到此为止了吗?

例如,你能准确地说出五个好朋友的面孔吗?有些人可能说得出,但多数人却说不出。根据我的经验,我问过许多结婚很久的丈夫:他们的妻子的眼睛是什么颜色?他们经常窘态毕露,老实承认他们不知道。而且,顺便提一句,妻子们总是抱怨她们的丈夫不注意自己的新衣服、新帽子和房间布置的变化。

视力正常的人很快就习惯于周围的环境,而事实上他们只注意那些惊人的和壮观的景象。然而,即使在看最壮观的景色时,他们的眼睛也是懒散的。法庭的记录每天都表明"眼睛的见证"是多么不准确。一件事将被许多人从许多不同的方面"看到"。有些人比别人看得更多些,但很少有人能将自己视力范围内的一切都看在眼里。

啊，如果我有视力能看三天的话，我该看些什么东西呢？

第一天将是一个紧张的日子。我要将我的所有亲爱的朋友们都叫来，好好端详他们的面孔，将他们内在美的外貌深深地印在我的心上。我还要看一个婴儿的面孔，这样我就能看到一种有生气的、天真无邪的美，它是一种没有经历过生活斗争的美。

我还要看看我那群忠诚的、令人信赖的狗的眼睛——那沉着而机警的小斯科第、达基和那高大健壮而懂事的大戴恩、海尔加，它们热情、温柔而淘气的友谊使我感到温暖。

在那紧张的第一天里，我还要仔细观察我家里那些简朴小巧的东西。我要看看脚下地毯的艳丽色彩，墙壁上的图画和那些把一所房屋改变成家的熟悉的小东西。我要用虔敬的目光凝视我所读过的那些凸字书，不过这眼光将更加急于看到那些供有视力的人读的印刷书。因为在我生活的漫长黑夜里，我读过的书以及别人读给我听的书已经变成一座伟大的光明的灯塔，向我揭示出人类生活和人类精神的最深泉源。

在能看见东西的第一天下午，我将在森林里做一次长时间的漫步，让自己的眼睛陶醉在自然世界的美色里，在这有限的几小时内，我要如醉如狂地贪赏那永远向有视力的人敞开的壮丽奇景。结束短暂的森林之旅，回来的路上可能经过一个农场，这样我便能看到耐心的马匹犁田的情景（或许我只能看到拖拉机了）和那些依附土地为生的人的宁静满足的生活。我还要为绚丽夺目而又辉煌壮观的落日祈祷。

当夜幕降临，我以能看到人造光明而体验到双重的喜悦。这是人类的天才在大自然规定为黑夜的时候，为增强自己的视力而发明创造的。

在能看见东西的第一天夜里，我会无法入睡，脑海里尽数翻腾着对白天的回忆。

翌日——也就是我能看见东西的第二天，我将伴着曙光起床，去看一看那由黑夜变成白天的激动人心的奇观。我将怀着敬畏的心情去观赏那光色令人莫测的变幻，正是在这变幻中太阳唤醒了沉睡的大地。

我要把这一天用来对整个世界，从古到今，做匆匆的一瞥。我想看看人类进步所走过的艰难曲折的道路，看看历代的兴衰和沧桑之变。这么多的东西怎能压缩在一天之内看完呢？当然，这只能通过参观博物馆。我经常到纽约自然历史博物馆去，用手无数次地抚摸过那里展出的物品，我多么渴望能用自己的眼睛看一看这经过缩写的地球的历史，以及陈列在那里的地球上的居民——各种动物和按生活的天然环境描绘的不同肤色的人种；看看恐龙的巨大骨架和早在人类出现以前就漫游在地球上的猛犸象；看看当时的人类是如何靠自己矮小的身躯和发达的大脑去征服动物王国的；看看那表现动物和人类进化过程的逼真画面，和那些人类用来为自己在这个星球上建造安全居处的工具，还有许许多多自然历史的其他方面的东西。

我不知道本文读者中究竟有多少人曾仔细观察过在那个激动人心的博物馆里展出的那些栩栩如生的展品的全貌。当然不是人人都有这样的机会。不过我敢断言，许多有这种机会的人却没有很好地利用它。那里实在是一个使用眼睛的地方，你们有视力的人可以在那里度过无数个大有所获的日子，而我，在想象中能看东西的短短的三天里，对此只能做匆匆的一瞥便得离去。

我的下一站将是大都会艺术博物馆。正像自然历史博物馆揭示了世界的物质方面那样，大都会艺术博物馆将展现出人类精神的无数个侧面。贯穿人类历史的那种对于艺术表现形式的强烈要求几乎和人类对于食物、住房、生育的要求同样强烈。在这里，在大都会艺术博物馆的巨型大厅里，当我们观看埃及、希腊、罗马的艺术时就看到了这些国家的精神面貌。通过我的双手，我很熟悉古埃及男女诸神的雕像，感觉得出复制的巴台农神庙的中楣，辨别得出进攻中的雅典武士的健美身姿。阿波罗、维纳斯以及撒摩得拉斯岛的胜利女神都是我指尖的朋友。荷马那多瘤而又留着长须的相貌对我来说尤为亲切，因为他了解盲人。

  我的手在罗马以及晚期那些栩栩如生的大理石雕塑上停留过，在米开朗基罗那激动人心的英雄摩西的石膏像上抚摸过，我了解罗丹的才能，对哥特式木刻的虔诚精神感到敬畏。这些能用手触摸的艺术品我能理解它们的意义，然而那些只能看不能摸的东西，我只能猜测那些一直躲避着我的美。我能欣赏希腊花瓶简朴的线条，然而它那带有图案的装饰我却没有办法欣赏。

  就这样，在我看见东西的第二天，我要设法通过艺术去探索人类的灵魂。我从手的触摸里了解的东西现在可以用眼睛来看了。整个宏伟的绘画世界将向我敞开，从带有宁静宗教虔诚的意大利原始艺术一直到具有狂热想象的现代派艺术。我要细细观察拉斐尔、列奥纳多·达·芬奇、提菩、伦布朗的油画，也想让眼睛享受一下委罗涅塞艳丽的色彩，研究一下艾尔·格里柯的奥秘，并从柯罗的自然里捕捉到新的想象。啊，这么多世纪以来的艺术为你们有视力的人提供了如此绚丽的美和这样深广的意义！

凭着对这艺术圣殿的短暂访问，我将无法把那向你们敞开的伟大艺术世界的每个细部都看清楚，我只能得到一个表面的印象。艺术家们告诉我，任何人如果想正确地和深刻地评价艺术，就必须训练自己的眼睛，他得从品评线条、构图、形式和色彩的经验中去进行学习。如果我的眼睛管用的话，我将会多么愉快地去着手这件令人心醉的研究工作！然而有人告诉我，对于你们许多有视力的人来说，艺术的世界是一个沉沉的黑夜，是一个无法探索和难以找到光明的世界。

我怀着无可奈何的心情，勉强离开大都会艺

博物馆，离开那藏着发掘美的钥匙的所在——那是一种被如此忽略了的美啊。然而有视力的人并不需要从大都会艺术博物馆里去找到发掘美的钥匙。它在较小的博物馆里，甚至在那些小图书馆书架上的书本里也能找到。自然，在我想象中能看见东西的有限时间里，我将选择这样一个地方，在那里发掘美的钥匙，并能在最短的时间内打开最伟大的宝库。

　　我将在剧院或电影院度过这能看见东西的第二天的夜晚。我目前也经常出席各种类型的表演，可剧情却得让一位陪同在我手上拼写。我多么想用自己的眼睛看一看哈姆雷特那迷人的形象和在穿五光十色的伊丽莎白式服装的人物中间来来去去的福斯泰夫。我多么想模仿优雅的哈姆雷特的每一个动作和健壮的福斯泰夫高视阔步的一举一动。由于我只能看一场戏，这将使我处于进退两难的境地，因为我想看的戏实在太多了。你们有视力的人想看什么都行，不过我怀疑你们之中究竟有多少人能在全神贯注于一场戏、一部电影或别的景象的时候，会意识到并感激那让你享受其色彩、优美动作的视力的奇迹呢？

除了在触摸的有限范围内，我无法享受节奏感动作的美。尽管我知道节奏欢快的奥妙，因为我经常从地板的颤动中去辨别音节的节拍，然而我也只能朦胧地想象巴甫洛瓦的魅力，我想象得出那富于节奏感的姿势，肯定是世间最赏心悦目的奇景，从用手指循着大理石雕像线条的触摸里我能推测出这一点。如果静止的美已是那么可爱的话，那么看到运动中的美肯定更令人振奋和激动。

我最深切的回忆之一是，当约瑟夫·杰斐逊在排练可爱的《瑞普·凡·温克尔》做着动作讲着台词的时候，让我摸了他的脸和手。对戏剧的天地我就只这么一点儿贫乏的接触，也将永远不会忘记那一时刻的欢乐。啊，我肯定还遗漏了许多东西。我多么羡慕你们有视力的人能从戏剧表演中通过看动作和听台词而获得更多的享受。如果我能看戏，哪怕只看一场也行，我将弄明白我读过或通过手语字母的表述而进入我脑海的一百场戏的情节。

这样，通过我想象中能看见东西的第二天的夜晚，戏剧文学中的许多高大形象将争先恐后地出现在我的眼前。

下一天的早晨，怀着发现新的欢乐的渴望，我将再次去迎接那初升的旭日。因为我深信，那些有眼睛能真正看到东西的人肯定会发现，每个黎明都会展现出千姿百态、变幻无穷的美。

根据我想象中的奇迹的期限，这是我能看见东西的第三天，也是最后一天，我没有时间去悔恨或渴望，要看的东西实在太多了。我把第一天给了我的朋友，给了那些有生命和没有生命的东西，第二天我看到人类和自然的历史面目，今天我要在现实世界里，在从事日常生活的人们中间度过平凡的一天。除了纽约你还能在别的什么地方发现人们这么多的活动和这样纷繁的情景呢？于是这城市成了我选择的目标。

我从长岛森林山我的恬静的乡间小屋出发。在绿草坪、树木、鲜花的包围中是一片整洁小巧的房屋，到处充满妇女儿童谈笑奔走的欢乐，真是城市劳动者的安静的休息之所。当我驾车穿过横跨东河的钢结构桥梁时，我又开了眼界，看到了人类智慧的巧夺天工和力大无穷。河面上千帆竞发、百舸争流。如果我从前曾有过一段未盲的岁月，我将用许多时间来观赏河上的热闹风光。

举目前望，面前耸立着奇异的纽约塔，这城市仿佛是从神话故事的书页中跳出来似的。这是多么令人敬畏的奇景啊！那些灿烂夺目的尖塔，那些用钢和石块筑起的巨大堤岸，就像神为自己修造的一样。这幅富有生气的画卷是千百万人每日生活的一部分，我不知道究竟有多少人愿意对它多看一眼，恐怕是很少、很少。人们的眼睛之所以看不见这壮美的奇观，是因为这景象对他们太熟悉了。

我匆匆忙忙登上那些大型建筑之一——帝国大厦的顶层，不久之前我从那里通过秘书的眼睛"看到"了脚下的城市。我急于要把想象力和真实感做一次比较。我相信在我面前展开的这幅画卷决不会使我感到失望，因为对我来说它将是另一个世界的景象。

现在我开始周游这个城市。首先我站在热闹的一角，仅仅看看来往的人群，想从观察中去了解他们生活中的一些东西。看到微笑，我感到欣慰；看到果断，我感到骄傲；看到疾苦，我产生怜悯。

我漫游到第五大道，让视野从聚精会神的注视里解放出来，以便不去留意特殊的事物而只看一看那瞬息万变的色彩。我相信那川流在人群中的妇女装束的色彩，肯定是我永看不厌的灿烂奇观。不过，假如我的眼睛管用的话，或许我也会像大多数妇女一样，过多地注重个别的服装的风格和剪裁式样而忽略成群的色彩的壮美。我还确信我会变成一个在橱窗前的常客，看着那多姿多彩、五光十色的陈列品，一定感到赏心悦目。

　　我从第五大道开始游览整个城市——我要到花园大街去，到贫民区去，到工厂去，到孩子们玩耍的公园去。通过对外国居民的访问我对异国做了一次不离本土的旅行。对于欢乐和悲哀我总是睁大眼睛去关心，以便能深刻探索和进一步了解人们是如何工作和生活的。我的心里充满了对人和物的憧憬，我的目光不会轻易放过任何一个细小的东西，它力求捕捉和紧握它所目及的每一件事物。有些场面是令人愉快的，它让你内心喜悦，可有些情景却使人感到悲哀和忧郁。对后者我也不会闭上眼睛，因为它们毕竟也是生活的一部分，对它们闭上眼睛就等于紧锁心灵，禁锢思想。

　　我能看见东西的第三天就要结束了，或许我应该把这剩下的几小时用在许多重要的探索和追求上，可是我怕在这最后一天的夜晚，我还会再次跑到剧院去看一出狂喜的滑稽戏，以便能欣赏人类精神世界里喜剧的泛音。

到午夜，我从盲人痛苦中得到的暂时解脱就要终结了，永久的黑夜将重新笼罩在我身上。当然我在那短暂的三天时间里，不可能看完我要看的全部事物，只有当黑暗重新降临时，我才会感到我没有看到的东西实在太多了。不过我脑海中会塞满那壮丽的回忆，以至根本没时间去懊悔。今后无论摸到任何东西都会给我带来那原物是什么形状的鲜明回忆。

如果你有朝一日也将变成一个盲人的时候，你或许对我这个如何度过三天可见时光的简要提纲感到不合适而做出自己的安排。然而，我相信，如果你真的面临那样的命运，那你的眼睛将会向过去从不留神的事物睁开，为即将来临的漫长黑夜储存记忆。你将会一反过去的日常习惯去使用自己的眼睛，你所看到的东西都会变得非常亲切，你的目光将捕捉和拥抱任何进入你视野之内的东西，最后你会真正看到一个美丽的新世界在你面前敞开。

我，一个盲人，向你们有视力的人做一个提示，给那些善于使用眼睛的人提一个忠告：想到你明天有可能变成盲人，你就会好好使用你的眼睛。

这样的办法也可适用于别的官能。想到你明天有可能变成聋人，你就会更好地去聆听声响、鸟儿歌唱和管弦乐队铿锵的旋律；去抚摸你触及的那一切吧，假如明天你的触觉神经就要失灵；去嗅闻所有鲜花的芬芳，品尝每一口食物的滋味吧，假如明天你就再也不能闻也不能尝了。让每一种官能都发挥它最大的作用吧，为世界通过大自然提供的各种接触的途径向你展示的多种多样的欢乐和美的享受而自豪吧。不过在所有的官能中，我相信视力是最令人赏心悦目的。

王海珍　译　王子野　校

编 后 语

榜样的力量是无穷的。

也许现代人赋予榜样的定义更广泛也更挑剔了，但人们对诸如品德、意志、耐力等方面爆发的震撼力的崇拜与欣赏却是跨越时空、毫无矫饰的。海伦·凯勒的一生就会带给你情不自禁的震颤与洗礼。

海伦·凯勒，一个从一岁零七个月时起就丧失了视力和听力的不幸女子，最终成为美国畅销书作家、受人欢迎的演讲家、政治活动家和著名的慈善家。此书是她的处女作。作者以真实、自然的笔触再现了自己生命之初二十一年来的生活，为世人留下了一首永难遗忘的生命之歌。

无论你曾经如何地漠然、如何地无动于衷，那种来自漆黑死寂中的对命运的抗争、对自然的挚爱都会扯动你心灵的触角，让你不仅仅有所动，还会有一丝丝的愧疚——没有那么多的困难要克服的我们，人生却如此黯淡。

"读一本好书就是与一颗伟大的心灵对话。"一个蔑视苦难，战胜苦难从而创造璀璨人生的女性，你一定有与之对话的欲望。七十岁高龄的翻译家朱原老先生亲校了译稿，成全了你的心愿。在修正过程中，为方便阅读，使全文条理更清晰，编者征求译者同意后，为每一章节加注了标题。

海伦·凯勒曾经给健康人这样的提示：设想你明天有可能变成盲人、变成聋哑人、失去触觉……也许，你此刻已经意识到，应该珍爱并发挥许多由于习以为常、理所应当而被忽视了的东西。如果这样，饱尝溽暑盛夏挥汗伏案之苦涩的我们就足以欣慰了。至于对我们工作的批评，则是我们热忱期望的。

1998年8月